이기적인 기억

이기적인 기억

제1판 1쇄 2022년 4월 5일

지은이   김경원
펴낸이   이경재

펴낸곳   도서출판 델피노
등록   2016년 8월 11일 제2020-000082호
주소   서울시 양천구 신정중앙로 86, 덕산빌딩 6층
전화   070-8095-2425
팩스   0505-947-5494
이메일   delpinobooks@naver.com
ISBN   979-11-91459-21-0 (03810)

이기적인 기억

김경원 장편소설

델피노

차 례

1장 | 피할 수 없는 일

2장 | 실마리

3장 | 결자해지

4장 | 이기적인 기억

1장

피할 수
없는 일

운명은 언제나 우연을 가장하여
그것과 조우할 때까지 수많은 이름으로 우리 앞에 나타난다.

악몽

반복되는 꿈은 그저 꿈이 아닌 신의 언어일 수 있다.

끼익!

승용차가 바닥에 타이어 자국을 내며 어두운 동네의 정적을 깼다.

조수석 남자가 어안이 벙벙한 얼굴로 운전석을 바라봤다.

"엄마?"

급브레이크를 밟은 사람치곤 엄마의 표정이 너무나 평온했다.

딸깍.

자신의 의도와 상관없이 조수석 문이 열렸다. 바깥에서 연 게 아닌가 하고 창밖을 바라봤지만 아무도 없었다. 오른손이 분명 손잡이를 잡고 있었지만 그건 자신의 뇌에서 내린 명령이 아니었다.

어, 어?

또 그의 의지와 상관없이 발이 바깥으로 향하더니 이내 몸이 조수석을 벗어났다. 마치 다른 사람의 몸 안에 들어와 있는 것 같았지만 코끝으로 서늘한 기운이 느껴졌다. 신발을 뚫고 발가락까지 한기가 전해져 온몸을 닭살이 뚫고 나오는 데는 얼마 걸리지 않았다.

뭐야, 저건?

시선 끝으로 이삼십 미터쯤 떨어진 가로등 밑에 누군가 쪼그린 자세로 바닥을 보고 있었다. 머리를 산발한 여자였다.

그녀가 품 안에 끌어안은 무언가가 눈에 들어왔다. 생각할 새도 없이 여자가 용수철이 튕기듯 일어섰다.

어?

하얀 원피스를 입은 그녀의 두 다리 사이로 검붉은 무언가가 흘러내리고 있었다.

휘웅!

눈앞으로 무언가 튀어 올라 그가 반사적으로 얼굴을 감싸며 주저앉았다.

얼마의 시간이 흘렀을까…, 남자가 실눈을 뜨고 앞을 바라봤다. 달빛에 의존해 보이던 자동차와 그 여자는 사라지고 없었다. 근데, 딱 하나 보이는 게 있었다.

그녀가 안고 있던 그것.

무대 위 배우가 조명을 받듯 하늘의 조명이 그것을 밝게 비췄다.

저건 또 뭐야?

그의 궁금증을 남자도 느꼈는지 한 걸음씩 발을 움직였다.

가까워지는 그것은 캐릭터가 그려진 노란색 담요였다. 불안이 커졌지만, 그 불안만큼 남자의 심장에서 요동침이 느껴지진 않았다.

남자의 몸이 곧 그 앞에 당도했고 담요 안에서 무언가 간헐적으로 꿈틀댔다.

무릎을 굽힌 남자의 손이 조심스레 담요로 뻗어 나갔다. 마치 공포영화의 한 장면을 보는 것처럼 그의 털끝 하나하나에서 긴장이 느껴졌다.

쓰윽.

갓 태어난 듯한 강아지가 핏덩이 상태로 눈도 뜨지 않은 채 누워 있었다.

죽은 건가?

아니야. 얇디얇은 뱃가죽이 희미하게나마 움직이고 있어.

강아지를 멍하니 바라보고 있는데 갑자기 감겨있던 강아지의 두 눈이 번뜩 뜨였다. 남자가 뒤로 나자빠진 채 손바닥으로 입을 틀어막았다.

강아지의 두 눈은 동물의 것이 아니었다. 흰자위에 핏대를 잔뜩 세운 분명한 사람의 눈이었다.

휙!

강아지가 남자의 얼굴로 순식간에 날아들었다. 그가 필사적으로 얼굴에 붙은 강아지를 떼어내려 허우적댔다. 하지만 눈앞에 보이는 어둠은 그를 다른 세계의 또 다른 몸으로 돌려놨다.

"아악!"

남자가 허공에 팔을 허우적대며 몸을 재빠르게 일으켰다. 베개 옆은 이미 땀으로 흥건했다. 탁상시계는 새벽 4시를 향하고 있었다.

하, 또….

그가 침대에서 내려와 불도 켜지 않고 주방까지 걸어갔다. 냉장고를 열어 물통을 입에 가져다 대자 정신이 조금씩 맑아졌다.

몇 번째인 거야, 대체.

요즘 들어 부쩍 같은 악몽이 그의 밤을 어지럽혔다.

한숨을 뱉으며 소파에 주저앉자 온몸으로 소파의 냉기가 전해져 또 한 번 닭살이 일었다.

그 여잔 누굴까?

'초역세권! 이 정부에서 남은 마지막 투자처!'

탁자 위 순서 없이 어질러진 우편물 중에서 전단 글귀가 달빛을 받아 눈에 띄었다.

"먹고 죽을 돈도 없는데 무슨…."

그가 우편물을 집어 들어 하나씩 넘기며 중얼댔다.

대홍은행, 실보증권, 천심 요양소, 아파트관리소, 기억 교정센터, 음식 전단 등등….

모두가 그에게 무언가를 원했기에 발송한 우편물일 터였다. 어차피 모두 은행 자동이체로 빠져나갈 테니 신경 쓸 일은 없었다.

'네 월급을 내놔!'

매번 이런 형식의 고지서들은 안내장을 가장한 통보장처럼 느껴졌다.

"하…."

한숨이 입 밖으로 자기도 모르게 흘러나왔다. 삶의 무게는 대체 언제까지 짊어져야 하는 걸까…. 도무지 끝이 보이지 않았다. 삶의 반대말은 죽음이니 이 무게도 무덤으로 들어가야만 끝나는 건가 하는 생각이 들었다.

"아."

그가 뭔가 생각난 듯 짧은 감탄사를 내며 내려둔 우편물을 흩뜨리기 시작했다.

"기억교정?"

기억 교정센터라고 적힌 소책자를 집어 들고 그가 입을 열었다. 박 원장의 병원에 들렀을 때 갖고 온 것이었다. 검지로 제목을 두드리다가 이내 첫 장을 펼쳤다.

인간이라면 누구나 후회의 연속성에서 살고 있습니다. 즉 자신이 했던 말, 행동, 선택 등에 대한 다양한 형태로 후회가 등장하고 이를 우리는 후회의 연속성이라고 부릅니다.

이런 후회에는 크기에 따라 자신이 감당할 수 있는 후회와 감당할 수 없는 후회가 존재합니다. 감당할 수 있는 것은 차치하더라도 감당할 수 없는 것은 어찌해야 할까요? 그 기억이 떠오를 때마다 자신을 탓하며 괴롭게 살아야만 하는 걸까요? 삶이 끝날 때까지 이런 후회 때문에 호사는 고사하고 매일같이 괴롭게만 살아야 하는 걸까요?

우리의 연구는 여기서부터 시작됐습니다. 후회의 기억을 대체할 수 있는 특별한 기억, 이것을 우리는 '기억교정'이라고 부릅니다.

센터장 – 오상철

이게 말이 되는 얘기일까?

그는 눈썹이 찌푸리며 얼굴에서 소책자를 밀어냈다. 이 인터뷰는 자신이 알고 있는 상식에서 도저히 불가능한 일이었다.

"기억을 바꾼다고?"

콧방귀를 끼더니 그가 한쪽 입꼬리를 올렸다. 자신의 상황이 오죽 답답했으면 이런 말도 안 되는 광고에 혹했을까 하는 생각도 들었다.

'새는 알에서 나오려고 투쟁한다. 알은 세계이다. 태어나려는 자는 하나의 세계를 깨뜨려야 한다.'

갑자기 데미안의 한 구절이 떠올랐다.

어쩌면 그는 지금, 자신의 편견이라는 알을 깨야만 할는지도 몰랐다.

우연을 가장한 메시지

우연이란 마음속에서 일어난 파동이 현실로 나타난 결과물일 뿐이다.

'안타까운 소식을 또 전해 드려야 할 것 같습니다. 며칠 전 다세대주택 밀집 지역 분리수거장에서 환경미화원의 신고로 종량제 비닐봉지에 담긴 채 버려져야만 했던 신생아의 소식을 전해드렸는데요. 이번에는 상가 화장실에서 아이를 낳아 그대로 방치한 10대 학생의….'

학생들과 밀접한 직업을 가진 남자로서는 안타까운 마음이 드는 게 사실이었지만 뉴스는 그저 뉴스일 뿐이었다.

그는 대형 티브이를 애써 외면하며 뉴스에서 멀어졌다. 팔짱을 끼고 병원 이곳저곳을 배회하다가 벽면에 걸린 것들을 보고 멈춰섰다.

소문난 명의라면 굳이 저런 것들로 자신을 내세울 필요가 있을까?

각종 상장과 유명해 보이는 사람들과 찍은 액자가 벽면을 장식

하고 있었다.

"유진우 씨?"

"아, 안녕하세요."

안면이 있는 간호사가 의아한 표정으로 뒤에 서 있었다.

"오늘 예약도 없으신데, 어쩐 일이세요?"

"급하게 원장님 좀 뵙고 싶어서요."

"아아, 원장님 개인적인 손님이 오셔서 얘기 중이신데…."

간호사가 말끝을 흐렸다.

"기다리죠, 뭐."

진우가 웃으며 답하자 그녀도 살짝 미소 지었다.

"근데 물고기 좋아하세요?"

"네?"

뜬금없는 간호사의 질문에 입이 벌어졌다.

"아니, 여기 계시길래요."

생각에 잠긴 사이 현관 앞까지 걸어와 있단 사실을 깨달았다. 바로 눈앞에 어항을 두고 하는 말 같았다.

"병원 좀 둘러보다 저도 모르게 이 앞에 있게 됐네요. 하핫."

멋쩍어하는 진우에게 간호사가 다시 미소를 보였다.

"이 어항, 병원 개원할 때 원장님 아는 분이 현관에 두면 좋다고 하셔서 둔 건데 얘들 크는 재미가 꽤 쏠쏠해요."

달리 답할 말이 떠오르지 않았다.

"밥 줄 때마다 절 반기는 게 꼭 절 알아보는 것 같다니까요."

"아앗, 그런가요."

진우가 입술을 말며 검지로 인중을 짚었다. 간호사가 물고기 사료를 집어 어항 위로 뿌리며 다시 말했다.

"얘네들은 아마 하늘에서 밥이 떨어지는 줄 알겠죠?"

참 뜬금없는 말이었다. 좀 이상한 사람인가 하는 생각도 들었다.

"뭐…, 그렇겠죠?"

대충 얼버무렸다.

"얘들은 다른 세상을 본 적도 없으니까 이 어항이 세상 전부인 줄 알 거예요."

순간, 머릿속을 뭔가가 빠르게 훑고 지나갔다.

어항이 전부인 세상?

"어? 나오시나 본데요?"

잠깐의 침묵을 깨고 간호사가 말했다.

"선배님, 잘 좀 부탁드리겠습니다."

대화 소리가 나는 쪽으로 눈을 돌리자 박 원장과 배가 많이 나온 남자가 이쪽으로 걸어오고 있었다.

"아이고, 앞으로 내가 자네에게 부탁할 일이 더 많을 거 같은데? 연구 잘 돼도 나 모른 척하기 없기야?! 허허."

"물론입니다, 선배님. 아 그리고 이거…."

뱃살 남자가 서류 가방에서 얇은 책자 여러 권을 꺼내 접수대 위에 올려놓았다.

"아까 말씀드린 저희 홍보물입니다. 잘 보이는 곳에 좀 놔주십시오. 하하."

뱃살 남자가 박 원장을 보며 사회 경험 많은 웃음을 보였다.

"그럼 그럼! 그런 건 걱정말라고."

박 원장의 능글맞은 미소에도 음흉이 가득했다.

"오 간호사, 이거 환자들 잘 볼 수 있는 데 좀 꽂아둬요."

진우 옆에 있던 간호사가 어느새 박 원장 옆에 서 있었다.

"감사합니다, 선배님."

"어허, 별 인사치레를 다 하네, 우리 사이에."

"그럼 가보겠습니다, 선배님."

뱃살 남자가 고개를 숙이며 진우를 스쳐 갔다.

"오 간호사!"

뱃살 남자가 엘리베이터에 오른 걸 확인한 박 원장이 신경질적으로 버럭했다.

"그거 그냥 창고에 처박아놔요."

"예? 좀 전에 잘 보이는 곳에 꽂아두라고…."

대기실에 책자를 갖고 갔던 간호사가 고개를 빼꼼 내밀었다.

"거참, 뭐 그리 말이 많아요. 그냥 처박아 놓으라면 그러면 되지."

간호사가 샐쭉하게 입술을 내밀었다.

"제까짓 게 뭐라고 무슨 말도 안 되는 연구를."

박 원장이 구시렁댔다.

"어? 어쩐 일이세요?"

진우를 발견한 그가 그새 반색했다.

"요즘 통 악몽 때문에…."

인사할 겨를도 없이 진우가 말했다.

"일단 들어가서 얘기합시다."

십 분쯤 지났을까, 진우가 진료실에서 그리 밝지 않은 표정으로 나왔다.

조금이라도 기대했던 게 어리석었던 걸까?

박 원장은 항상 똑같은 말만 되풀이했고 의사의 처방전이 있어야만 받을 수 있는 약물을 또 처방해주었다.

그가 한숨을 내쉬며 미간을 찌푸린 채 접수대 앞으로 몸을 옮겼다.

"결제 좀요."

"만 사천 원 결제해드릴게요."

직원이 진우에게 카드를 받아들었다.

'기억 교정센터'

접수대 위에 놓인 빨간 글씨의 제목이 눈에 들어왔다. 그 밑에 쓰인 내용은 더욱 흥미로웠다.

후회되는 순간이 있습니까?

바꾸고 싶은 순간이 있습니까?

괴로운 순간이 있습니까?

시간을 되돌릴 순 없지만, 기억을 바꿀 수는 있습니다.

일상의 균열

인간은 모두 합리화의 달인이다.
어떤 진실이 있다고 하더라도,
그들은 모두 그들만의 방식으로 그 진실을 해석하기에.

"난 자네가 내 딸과 결혼해서 사람들의 입방아에 오르내리는 걸 원치 않네."

두 사람 사이의 정적이 사무실 공기를 딱딱하게 만들었다.

"내가 자네에게 무리한 부탁을 하는 겐가? 자네 집안을 키워오라는 것도 아니고 재산을 키워오라는 것도 아닌데 뭐가 그리 어렵나? 비어있는 홍보팀장이란 자리에 앉는 게 그리도 어려운가?"

"그건 아닙니다만…."

진우의 얼굴을 살피던 혜원의 아버지가 근엄한 표정을 짓더니 다시 입을 열었다.

"자네가 혜원이와 만난 몇 년 동안 나 외의 가족을 만나지 못한 이유를 알고 있나?"

이유? 한 번도 생각해보지 못한 물음이었다.

"자네가 그리 나오니 나도 솔직하게 말하지."

눈을 상대의 입에 집중했다.

"난 자네가 어떤 사람인지를 지켜보고 싶네. 만일 내 성에 차는 사람이라면 자네의 사회적인 위치를 끌어 올려줄 것이고 위치가 오른 만큼 다른 가족도 만날 수 있을 것이네. 무슨 뜻인지 이해했나?"

지금 자신이 형편없다는 말을 에둘러서 표현하는 것이란 생각이 들었다.

"단, 자네가 알아둬야 할 게 있어."

잠시의 침묵은 진우를 긴장시켰다.

"그 기간은 1년뿐일세. 1년간 내 마음에도 자네가 들지 못한다면…."

그다음 말은 하지 않아도 알 것 같았다.

구월동은 학원가의 중심이라 할 만큼 한 건물에 학원이 여러 개인 건물이 많았다. 진우가 일하는 건물도 그중 하나였지만 11층짜리 건물 전체를 사용할 만큼 그 규모는 학원가 일대에서 손꼽혔다.

예비 장인과 약속한 지도 일 년이 다 되어가고 있었지만 이렇다 할 결과물을 하나도 보여준 게 없었다. 저음 일을 시작하고 진우에게 붙은 한 실장이란 사람은 모든 일을 예비 장인에게 낱낱이 보고했다.

원장실에서 호출이 올 때면 오늘은 어떤 답을 해야 할까, 예비 장인의 마음에 드는 말은 뭘까 하는 고민으로 머리털이 다 빠질 것 같았다. 예비 장인은 항상 어떤 사안 뒤에 꼭 '자네 생각은 어떤가?' 라는 질문으로 진우를 압박했다.

형만 아니었다면….

점점 마음속에서 집안을 말아먹은 형에 대한 원망이 쌓여 갔다. 아빠만 살아계셨어도….

웨엥.

진우의 상념을 깬 건 창으로 들어온 파리 한 마리였다. 워낙에 큰 파리의 날갯짓이 조용한 사무실에 그대로 울려 퍼졌다. 파리는 자신이 들어왔던 창문의 틈을 기억하지 못하고 새로운 출구를 찾으려고 빛을 나침반 삼아 유리창에 머리를 부딪고 있었다.

어항이 전부인 세상?

어제 간호사의 말이 떠올랐다.

저 녀석도 눈앞에 세상밖에 못 보는 건가?

똑똑.

진우의 상념을 깨는 또 다른 파리가 사무실에 노크해왔다.

"팀장님, 2시에 CBS 작가랑 인터뷰 있는 거 아시죠? 점심 드시고 사무실에 12시 반까진 들어오세요."

문틈으로 빼꼼 고개를 내밀고 한 실장이 말했다.

"그리고 며칠 전에 촬영하신 30초짜리 광고 영상 편집본 나왔다는데 어떻게 할까요?"

그녀의 물음이 마음에 들지 않았다. 허락이나 의견을 구하는 말투가 아니었다.

"지금 편집장이랑 점심 먹으면서 얘기할까 하는데…."

한 실장이 다음 답이 뭔지 아는 듯 진우의 입을 바라봤다.

"한 실장님이 알아서 해요."

그녀가 입가에 미소를 남기며 문을 닫았다.

"휴…."

내 의지로 할 수 있는 건 한숨밖에 없는 건가?

망연자실한 표정으로 있다가 눈빛을 번뜩이며 책상 위 전화기 버튼을 눌렀다.

"네, 팀장님."

스피커에서 젊은 여자의 음성이 흘러나왔다.

"전에 우리 워크숍 진행했던 여행사 연락되나요?"

"무슨 일 때문에 그러시는지?"

"크루즈 패키지 상품 좀 알아보고 싶어서요."

"크루즈요?"

상대가 깜짝 놀란 듯 되물었다.

"연락처 좀 보내줘요."

"실장님께 일단 여쭤보겠습니다."

팀장이라는 지위는 아무짝에도 쓸모없었다. 어느새 모든 실권은 한 실장의 것이었다.

정말 이대로 괜찮을까?

여전히 창문에 머리를 부딪고 있는 파리가 다시 눈에 들어왔다.

파리도 제 머리 깨지는 줄 모르고 세상으로 나가려 하는데 뭐라도 해야 할 것 같았다.

진우가 자리를 박차고 일어나 외투를 챙겼다.

"같이 갑시다."

문을 열고 나온 그를 한 실장이 휘둥그레 바라봤다.

"어딜요?"

"편집본 확인하러 간다면서요. 내 일인데 내가 확인해야죠."

"아, 그렇긴 하죠….."

그녀가 떨떠름한 표정을 지었다.

"이제 시간 다 된 것 같은데 나가시죠?"

"아, 네네….."

한 실장이 눈알을 이리저리 굴리며 자리에서 일어났다.

짤랑짤랑.

그녀가 의자에 걸쳐두었던 외투를 챙길 때 문을 열고 헬멧 쓴 사람이 들어왔다.

"여기로 배달오시면 안 되는데….."

입구 앞에 앉은 인턴 여직원이 말했다.

"아, 그게 아니라 여기 유진우 선생님이라고 계신가요?"

헬멧을 벗은 남자가 말했다.

"무슨 일로?"

"좀 드릴 말이 있어서요."

쭈뼛거리며 그가 말했다. 또래가 학원생들과 별반 다르지 않아 보였다.

"유진우 선생님은 왜 찾으시나요?"

한 실장이 끼어들었다.

"드릴 말씀이 좀 있어서요."

남자가 분위기에 압도된 듯 어물거렸고 앞에 있는 진우를 알아보지 못했다.

"쪽지에 용건 남겨두시면 전달해 드릴게요."

한 실장의 단호함이 남자를 꿰다놓은 보릿자루 신세로 만들었다.

"여기에 적으세요."

인턴이 포스트잇과 볼펜을 놓았다. 어색한 분위기가 이어졌다.

"나가시죠, 팀장님."

진우가 아리송한 표정으로 그를 지나쳐갔다.

"할 말이 뭔가요?"

문고리를 잡은 채 뒤돌아 진우가 남자에게 물었다.

"네?"

"제가 유진우입니다."

한 실장의 기운이 뒷덜미로 전해졌다.

"아, 그게… 엄마가 선생님이랑 어릴 때 친구라고 하셔서….”

더듬거리며 그가 뒤통수를 매만졌다.

"친구요? 성함이 어떻게 되시는데요?”

"정 진자 애자 쓰세요.”

정진애? 머릿속에 떠오르는 사람이 없었다. 또 자신의 나이 또래에 이렇게 큰아들이 있을 리 만무했다.

"근데 무슨 일로?”

"뭐 좀 부탁드리고 싶은 게 있어서요.”

역시였다. 유명하진 않아도 미디어에 노출된 진우에게 간혹 있는 일이었다.

"팀장님, 늦으시겠어요.”

한 실장이 두 사람을 번갈아 보며 재촉했다.

"쪽지에 연락처 남겨주시면 확인하고 연락드릴게요.”

헬멧 남자가 미안한지 고개를 끄덕이며 눈을 피했다.

나가면서 한 실장의 표정을 살폈다. 분명 자신이 한 행동에 불만을 품고 있음이 느껴졌다. 그녀에게 자신이 이끌려 다니기만 하는 사람이 아니란 걸 보여주고 싶었던 건지도 모른다.

이런 행동이 예비 장인의 마음을 티끌만치도 살 수 없겠지만 뭔가 물꼬를 터야 했다.

안 그럼 자신은 파리보다 못한 존재가 될지도 몰랐다.

틈새의 작은 빛

삶이란,

외로움에 익숙해지는 것.

"그래서 이번에 벌써 세 번째 결혼이래?"

"순철이는 이번에 넷째 낳았다더라."

"걔는 어떻게 다 키우고 살라고 하는지 모르겠네."

"요번에도 취직 안 됐대? 갸는 언제쯤 지 밥 벌어먹고 살랑가 모르겠네."

8인실 병실에서 다양한 삶의 목소리가 들려왔다. 그곳은 모두 삶에 관한 얘기뿐, 그 누구도 죽음에 관한 얘기는 하지 않았다. 그 중 구석 침대의 한 여자만이 자신의 가까운 미래를 예감하는 듯한 표정으로 창밖에 말라가는 늦가을 나무를 바라보고 있었다.

"더는 손 쓸 도리가 없어⋯. 미안하네."

의사의 말에 세준이 고개를 들지 못했다. 이미 전부터 알고 있었지만 아무리 들어도 받아들일 수 없는 말이었다.

"어머님은 이미 오실 때부터 췌장암에서도 2기에 해당했네. 그나마도 다행히 수술할 수 있는 범위에 속해서 지금까지 버티신 거야. 하지만 앞으로의 예후는…."

의사가 말을 잇지 못했다. 아니, 잇지 않았다.

왜 하필 그렇게나 많은 사람 중에서 엄마여야 하는 걸까….

"어머님은 지금껏 세준 군과 세아 양 때문에 힘든 길을 버텼지만 이젠 그만한 힘도 남지 않으셨을 거야."

사람은 누군가에게 자신이 필요한 존재임을 느낄 때 삶의 끈을 놓지 않는다고 했다. 하지만 인력에는 한계가 있었다.

"잔인하게 들릴지 모르겠지만 이젠 준비를 해야 할 거야."

세준도 머리로는 그래야 한다는 걸 알고 있지만 마음이 따르지를 못했다. 자신의 삶을 지탱하는 엄마라는 기둥을 어떻게 놓을 수가 있단 말인가. 설령 기둥이 무너져 그 잔해에 깔린다 해도 그 기둥을 포기할 순 없었다.

"엄마, 뭘 그리 뚫어지게 봐?"

세아가 비니모자를 쓴 그녀에게 말했다.

"그냥…."

창밖에는 늦가을을 맞아 바람에 몸을 맡겨 낙하하는 나뭇잎들이 흩날리고 있었다.

"뭐 재밌는 거 안 하나?"

세아가 시큰둥한 얼굴로 리모컨을 들었다.

"저것들은 내년 봄에도 다시 태어나겠지?"

시선을 바깥에 둔 채 그녀가 말했다.

"아까부터 자꾸 무슨 소리야, 엄마."

세아가 돌리던 채널을 멈추고 엄마를 의아한 눈으로 바라봤다.

'여러분의 부족한 성적은 에듀팜에서 찾으세요. 그 부족함이 에듀팜에 모두 있습니다.'

"어? 우리 학원 쌤이다!"

티브이에서 그녀에게도 익숙한 목소리가 흘러나왔다. 그제야 시선을 돌린 그녀가 나지막이 내뱉었다.

"저 사람이 학원 선생님이야?"

그녀가 눈동자를 화면 속에 박은 채 말했다.

"응. 원래 영어 쌤이라고 하는데 수업하는 건 한 번도 못 봤어."

"하나도 안 변했네."

우수에 젖은 눈을 하고 그녀가 피식 미소 지었다.

"근데 왜 수업을 안 해?"

"나도 몰라. 그냥 우리 학원에서 제일 유명한 쌤이야."

세아가 퉁명스럽게 말했다.

"왜? 엄마 아는 사람이야?"

그녀의 양쪽 입꼬리가 살짝 올라가며 윗니가 살포시 모습을 드러냈다.

"알고말고. 엄마 어릴 때 친구야."

"진짜? 진짜 친구야?"

세아의 얼굴이 다시 활기를 띠며 침대에서 엉덩이를 들썩였다.

그녀의 눈이 다른 시공간에 있는지 눈가가 촉촉해져 있었다.

감추고 싶던 존재

의인은 외면을 외면하지 않는다.

"혜원아, 우리 5주년 기념으로 크루즈 여행 어때?"

진우의 말에도 그녀는 아무런 답이 없었다.

"무슨 일 있었어?"

말없이 벤치에 앉아 땅만 보는 혜원의 고개를 진우가 세웠다.

"…진우 씨 이제 답해 줄 때도 되지 않았어?"

한참을 뜸들이던 혜원이 고개를 묻은 채 조심스레 입을 뗐다.

"아….."

"언제까지 미룰 건데?"

진우는 결혼을 서두르려는 혜원이 이해되지 않았다.

"혹시 나랑 결혼하기가 싫은 거야?"

"아버님께 아직 허락도 못 받았고…, 어머님도 한번 못 뵈었잖아."

"우리 엄만 내가 알아서 할 테니까 대답만 해달라는 거잖아."

한숨이 절로 났다. 예비 장인의 마음에 드는 건 차치하더라도 아직 혜원에게 말하지 못한 게 남아있었다.

"조금만 더 시간을 주면 안 될까?"

어디서부터 말해야 하며 또 얼만큼을 말해야 하는지 도무지 감이 잡히지 않았다.

"아니, 지금 대답해. 안 하면 나 파혼한다고 아빠한테 얘기할 거야."

혜원의 애원하던 말투가 순식간에 바뀌며 초강수를 두었다.

"휴…."

더 이상 물러날 곳은 없는 것일까.

"…형이."

혜원의 단호함에 진우의 비밀 주머니가 조금 찢겼다.

"뭐?"

고개를 가슴까지 파묻은 채 진우가 웅얼댔다.

"형이 정신병원에 있어."

자세도 바꾸지 않고 그대로 바닥을 향해 내뱉었다. 혜원의 얼굴이 작지 않은 충격을 받은 것이 분명했다.

두 사람 뒤편으로 앙상해진 나무에 참새들이 앉아 짹짹댔다.

잘한 걸까? 답을 알 순 없었지만 분명한 건 말을 하지 않았으면 더 큰 일이 벌어졌을 거란 생각뿐이었다.

"그 얘기를 나한테 5년이나 하지 않은 이유가 뭐야?"

잠잠하던 혜원이 입을 열었다.

"나 때문이야…."

"어?"

"너에 비해서 내가 너무 못 나서."

"가족 중 누가 정신병원에 있든 그건 중요한 게 아니야. 날 그렇게밖에 못 봤던 거야?!"

혜원이 황당한 얼굴로 소리를 높이자 참새들이 날아가 버렸다.

"앞으로 더 놀랄 일 있으면 지금 얘기해."

진우가 고개도 들지 못했다.

"미안해."

"미안하단 말 말고 답해줘. 이제 더 놀랄 일 없는 거지?"

"…."

"한 달은 왜 필요했던 건데? 형이랑 그게 무슨 상관이야?"

"형이 입원하고 난 뒤부터 나한테 문제가 하나 생겼어."

진우가 콧바람을 내뿜으며 겨우 입을 열었다.

"문제?"

"가끔 개를 보면 몸이 이상해져."

"개? 멍멍이?"

"응. 근데 매번 나타나는 증상이 아니라 치료하고 말하려고 했어."

"아."

혜원이 그간 진우의 행동이 이해된다는 듯 탄식을 뱉어냈다.

"그래서 우리 집 개 데리고 나오는 것도 싫어했구나?"

"그것도 그렇고 뭐."

"치료는 어디서 받고 있는데?"

"우태 고모부라는 분."

"그 얼마 전에 정신과 개원했다는 분?"

"맞아."

"나한테 왜 말 안 했어? 아빠 친구분 중에 실력 있는 분들 많이 계시는데."

"혜원아."

진우가 혜원의 말을 잘랐다. 그 뜻을 짐작한 혜원이 입술에 힘을 꾹 주고 눈을 감은 뒤 다시 입을 열었다.

"시간이 얼마나 더 필요한 건데?"

"거의 다 끝나가는 것 같아…."

"휴, 도움 필요하면 꼭 말해줘."

진우가 입을 다문 채 혜원을 보며 고개를 끄덕였다.

"밥이나 먹으러 가자. 배고프다."

혜원이 벤치에서 일어나며 진우의 손을 잡아 이끌었다.

진우는 한 달 동안 나아진 게 전혀 없음을 혜원에게 고백하지 못했다. 정말 뭔가 하나라도 제대로 자신의 힘으로 해내는 걸 보여주고 싶었다.

두 사람은 앉았던 벤치에 묵은 감정을 놓아두고 자리에서 일어섰다.

'1개 오백 원, 3개 천 원.'

출구 쪽에 붕어빵 장수를 보며 혜원이 말했다.

"와, 이제 정말 겨울인가보다."

진우가 주변을 둘러봤다. 얼마 전까지만 해도 푸르스름하던 나무들이 앙상해져 가고 있었다.

"아저씨! 내가 이천 원 줬는데 왜 여섯 개를 줘요?! 거스름돈 주기 싫어서 그러죠?!"

강아지를 안은 아줌마가 신경질적으로 붕어빵 장수에게 말했다.

"이천 원에 6개 맞는데요."

"그니깐 아저씨가 내 돈 더 먹으려고 그러는 거 아니에요, 지금!"

"그게 무슨 말씀이신지?"

진우와 혜원이 가던 길을 멈추고 일상의 평온을 깨는 여자를 지켜봤다.

"그니까 난 4개만 사고 싶은데 왜 6개를 주냔 말이에요!"

"네?"

"여기 이거 아저씨가 써놓은 거 아니에요? 1개 오백 원, 3개 천 원이니까 4개에 천오백 원 아니에요! 이런 상술에 내가 속을 거 같아요?!"

"예?"

붕어빵 장수가 멍한 얼굴로 셈을 하는 듯했다.

"아, 한 번도 그렇게 팔아본 적이 없어서 이천 원 주시길래 당연히 6개인 줄 알았습니다. 여깄습니다, 오백 원."

밀가루 묻은 손으로 붕어빵 장수가 깡통에서 오백 원을 꺼내 건넸다.

"아 됐어요! 내 이천 원 도로 줘요!"

그가 달아오른 얼굴로 이천 원을 앞치마에서 꺼냈다.

"손님 속여먹으면 사 먹던 사람도 안 사 먹어요! 알았어요?!"

여자가 돈을 홱 낚아채며 멀어졌다. 붕어빵 장수가 얼굴을 붉힌 채 눈을 감았다.

아마 몇백 원 벌어먹기 드럽게 힘들다고 생각하는 것 같았다. 안타까운 표정으로 진우는 혜원을 재촉하며 걸음을 옮겼다.

삐옹삐옹.

두 사람이 모퉁이를 돌 때쯤 유모차 앞으로 뒤뚱뒤뚱 걸어오는 아이가 보였다. 이제 갓 걸음마를 뗀 아이 같았다.

"어엇? 우리 마코, 오늘 왜 이렇게 엄마 말을 안 듣지?"

아이 반대편, 진우 옆으로 젊은 여자가 시커멓고 큰 검은 개의 목줄에 끌려가며 낑낑댔다.

순간, 진우의 몸이 경직되며 순간적으로 온몸이 떨리기 시작했다.

개가 침을 질질 흘리며 미동도 없이 자세를 낮춘 채 아이에게 시선을 고정했다.

눈을 가려야 해!

"진우 씨, 괜찮아?"

진우의 붙어 있는 입술이 떨어지지 않았다.

"얘가 오늘따라 왜 이럴까?"

주인이 무릎을 굽혀 개 등을 손바닥으로 툭 치자 장전된 총에서 총알이 나가듯 순식간에 앞으로 튀어 나갔다.

"왈! 왈!"

개가 목줄에 걸려 제자리에서 방방 뛰며 미쳐 날뛰었다. 목줄 앞부분에 붙어 있던 쇠뭉치들이 부딪히며 마찰음을 냈다. 재빨리 아이 아빠가 달려와 아이를 안았다.

"얘가 왜 이래, 정말?!"

여자가 개를 끌어안았지만, 그녀의 몸무게론 개를 저지하기엔 역부족이었다. 개가 날뛰며 바닥을 침으로 흥건히 적셨다.

"왈!"

평화로운 공원을 깨는 짖음이 사람들의 시선을 모았다. "그만해! 혼난다!" 주인의 얼굴엔 당혹감이 묻어났다.

"감당도 안 되는 개새끼를 왜 데리고 나오는 거야!"

아이가 울음을 터트리자 아이의 아빠는 개 주인에게 손가락질하며 언성을 높였다.

"죄, 죄송….”

주인의 말이 끝나기도 전에 제 주인을 지키려는 듯 개가 더욱 광분했다.

"그만…, 해…, 제발.”

딱딱딱딱!

진우의 윗니와 아랫니가 빠른 속도로 부딪혔다.

"진우 씨! 정신 차려!”

혜원이 진우의 몸을 잡고 흔들며 소리쳤다.

쿵!

반쯤 뒤집힌 눈으로 진우의 고개가 뒤로 젖혀지더니 그대로 아스팔트를 향해 뒤통수가 떨어졌다.

"도와주세요!”

"왈왈!”

혜원이 소리치자 주춤거리며 몇몇이 걸음을 옮기려 했지만, 개는 사람들의 행동에 더욱 위협을 느낀 듯 그들을 향해 짖어댔다.

"진우 씨! 정신 차려!”

혜원이 울먹이며 쓰러진 진우를 흔들었다. 그러나 진우는 미동도 없었다.

"도와주…,”

그녀의 말이 끝나기 무섭게 누군가 미끄러지며 진우 옆으로 재빨리 앉았다.

"저기요! 눈 떠봐요!"

진우의 목덜미를 잡고 앞치마를 두른 붕어빵 장수가 외쳤다.

"119에 전화하세요!"

그가 진우의 눈두덩을 추켜올렸다.

"아가씨, 뭐해요! 빨리!"

붕어빵 장수가 손을 덜덜 떨며 굳어있는 혜원에게 소리쳤다. 그제야 혜원의 손이 핸드백으로 향했다.

묻어둔 기억

시간만 되면 나오는 맛도 없는 병원 밥에, 같은 약만 먹고 사는 삶이 과연 가치가 있을까?

그녀가 요즘 제일 많이 하는 생각이었다.

어쩌면, 정말 어쩌면 삶의 경계에서 고통받는 그녀에게 죽음은 고통에서 해방되는 새로운 문일지도 몰랐다.

"진애야, 언니 말 잘 들어."

가늘게 뜬 눈으로 동생이 언니를 바라봤다.

"…너무 슬퍼하지 마. 그곳에서 때가 되면 모두를 만날 수 있을 거야. 그곳엔 시간이 없으니까 그 기다림도 길진 않을 거야."

동생이 흔들림 없는 눈으로 언니를 응시했다. 세준과 세아를 포함한 **멀쩡한 사람**이 들으면 무슨 미친 소리냐고 할지도 모를 말이었다.

"조금 먼저 이 세상에서 나가는 것뿐이야."

언니는 사후세계가 존재하는 것처럼 말하고 있었지만 왜인지 눈시울을 붉히고 눈물을 머금고 있었다.

"언니."

음성이 나오지 않는 숨에 의지해 그녀가 힘겹게 말했다.

"응, 말해."

언니는 허리를 굽혀 그녀의 입에 귀를 가까이 댔다.

"부탁이, 있어…."

"응, 얘. 기. 해."

언니가 한 글자씩 또렷하게 입 모양을 크게 뗐다.

"서랍… 마지막 칸…."

"서랍?"

"공책 사이…."

언니가 침대 옆에 놓인 서랍장을 열자 스프링 철로 된 공책 한 권이 보였다.

"이거 세준이랑 세아한테 전해달라는 거지?"

언니가 공책을 꺼내 동생 눈앞에 보였다.

희미하게 동생이 고개를 가로저었다.

"응? 아니야?"

공책을 열자 리본 모양으로 곱게 접힌 편지가 눈에 띄었다.

"이거?"

"하나 더."

"이거 말곤 없는데?"

언니가 공책을 허공에 흔들다가 땅에 떨어진 사진을 집어 들었다.

"뭐야, 이거?"

"그 애한테 전해줘. 나 없음 그 애가 너무 외롭잖아."

동생 눈에 서글픔이 보였다.

"그리고 편지….."

"응."

"그 사람 혹시… 찾아오면, 좀 전…해줘."

"어?"

언니가 입 모양을 구겼다.

"그 사람?"

"옛날 그….."

순간 언니의 눈빛이 날카롭게 변했다.

"뭘 어쩌려고."

"내…, 최소한의, 양심이야….."

동생이 숨을 몰아쉬며 힘겹게 말을 뱉어냈다. 언니는 외국에서 유학하던 16년 전, 잊히지 않던 그날을 떠올렸다.

어느 날 뜬금없이 당분간만 동생을 부탁한다는 엄마의 전화가 왔을 때, 영문도 모른 채 공항에 마중을 나갔고 동생의 얼굴은 광대가 튀어나온 것 같은 착각을 불러일으킬 만큼 초췌한 모습이었다.

그렇게 함께 지낸 며칠 만에 산책을 나간 동생의 시선이 어딘가에 꽂혀 있었다.

"왜 그래?"

아무 말 없이 언니를 따라 걷던 동생이 걸음을 멈추고 공터를 바라보고 있었다. 그녀의 시선을 따라가자 놀이터에 아이들이 뛰놀고 있는 모습이 보였다.

"예뻐서."

한참 만에 동생이 답했다.

"…애들이니까 예쁘지."

언니의 말이 끝나자 동생의 뺨을 타고 눈물이 후드득 떨어졌다.

언니는 당황한 기색을 비치지 않고 시선을 슬며시 거둬주었다.

그렇게 잔디들의 자양분이 될지도 모를 눈물이 수백, 수천 방울 떨어졌다. 영문을 알 순 없었지만, 언니는 아무것도 묻지 않았다. 지금 동생에게 필요한 건 침묵이라는 위로임을 본능적으로 알고 있었다.

언니가 침대 옆에 앉아 손에 든 편지를 말없이 바라봤다. 동생이 어쩔 생각인지 알 수 없었다.

"이걸 어쩌려고 그래."

동생이 누운 채로 희미하게 입가에 미소를 지었다.

"아휴, 그래. 죽은 사람 소원도 들어주는데 그깟 거 못 들어주겠니."

언니가 사진과 편지를 재킷 안주머니에 넣었다.

"이모!"

세아가 병실 안으로 달려왔다.

"아이구, 내 새끼 왔어?"

"언제 오셨어요? 전화라도 주시지."

세아의 뒤를 따르던 세준이 말했다.

"온 지 얼마 안 됐어. 밥은?"

이모가 세준과 세아를 번갈아 보며 물었다.

"학교에서 먹었지!"

세아가 오랜만에 만난 이모에게 아양을 피었다.

"저도 그냥 대충 때웠어요."

"대충 때우면 되니, 배달 그거 힘든 일이다. 그리고 엄마 돌보려면 배가 든든해야지."

"오빠는 맨날 밥 먹었냐고 물어보면 대충 먹었다 그래."

세아가 고자질하듯 이모에게 일러바쳤다.

"세준이 어여 나와. 밥부터 먹게."

"괜찮아요."

"괜찮긴 뭐가 괜찮아, 이모가 안 괜찮아. 빨리 나와!"

"진짜 괜찮은데."

세준이 엄마를 바라봤다. 엄마의 작게 뜬 눈에서 세준은 어서 다녀오라는 침묵의 언어를 읽어냈다.

"엄마, 나 그럼 밥 금방 먹고 올게."

세준이 허리를 굽혀 엄마의 손을 잡았다. 이모의 등쌀에 떠밀려 문으로 나가고 있었지만, 바닥에 접착제라도 발라놓은 것처럼 발이 쉽사리 떨어지지 않았다. 세준은 얼굴을 돌려 엄마와 눈 마주침이 끊어질 때까지 눈을 마주했다. 세준의 모습이 벽에 가려질 때까지 엄마는 평온하고 따뜻한 눈빛을 하고 있었다.

마치 작별 인사를 하듯.

혼재된 과거

"진우 씨, 정신 좀 들어?"

진우가 눈을 뜨자 혜원의 표정이 보였다. 수년을 만났지만 처음 보는 표정이었다.

"여기가 어디야?"

그가 말라버린 입술을 간신히 열며 말했다.

"병원이지. 흑흑."

혜원이 통통 부은 눈에 다시 눈물을 머금었다.

"진우 씨 못 깨면 어떡하나 별생각이 다 들었는데…. 다행이야, 정말."

그녀가 손수건으로 눈물을 훔쳤다.

"어떻게 된 거야?"

"기억 하나도 안 나?"

진우가 고개를 갸웃하며 미간을 찌푸렸다.

"희미해…."

"공원에서 진우 씨가 갑자기 쓰러졌어."

혜원이 마치 조금 전의 일을 말하는 듯 음성이 떨렸다.

"그리고 두 시간 만에 깨어난 거야."

내가 기절을 했다고?

진우도 처음 겪어보는 기절이란 것에 어리둥절했다.

"잠깐만, 아저씨 불러올게."

혜원이 서둘러 의자에서 엉덩이를 뗐다.

하얀 천장을 도화지 삼아 기억을 그려봤다. 하지만 정신을 잃은 순간부터의 기억이 아예 없었다.

"뒤뚱이던 아이와 검은 개…. 그리고 쓰러졌다?"

혼잣말처럼 중얼댔다.

대체 뭐지? 연결선을 찾으려 해도 실선이 아닌 점선일 뿐이었다.

끼익.

문이 열리며 혜원 앞으로 의료진이 들어왔다.

"바닥에 뒤통수가 먼저 떨어진 거에 비해 다행히 외견상 이상은 없습니다."

가운에 색색의 펜을 꽂은 의사가 말했다.

"이 녀석 아빠한테 전화 받고 깜짝 놀랐습니다. 학원에서 몇 번 뵈었죠?"

진우가 어리둥절한 얼굴로 혜원을 바라봤다.

"아빠 친구분이셔. 아까 응급차에서 아빠한테 전화했거든."

그제야 얼굴이 머릿속을 스쳤다. 원장실을 나갈 때 가끔 스쳤던 예비 장인의 지인이었다.

"아, 안녕하세요."

누워 있던 몸을 일으키며 진우가 허리를 굽혔다.

"간단하게 검사 몇 개를 해봤는데 최근 들어 혹시 빈혈을 자주 겪으셨나요?"

그가 미소를 살짝 짓고는 의사 역할에 충실하게 질문을 던져왔다.

"빈혈은 잘 모르겠고, 최근 꿈자리 때문에 좀 힘들었습니다."

"꿈이요?"

"네. 같은 꿈을 반복해서 꾸고 있는데, 악몽입니다."

"언제부터 그랬죠?"

"한 달 전, 아니⋯."

진우는 뭔가를 말하려다가 두통이 있는 듯 집게손가락으로 관자놀이를 짚었다.

"혜원이는 잠시 나가 있거라."

진우의 신호를 알아챘는지 그가 말했다.

"왜요?"

"남자친구가 빨리 쾌차하려면 둘만의 진료가 필요하지 않겠니?"

그가 에두르지 않고 단호하게 말했다. 혜원의 표정이 못마땅한

듯 보였지만 이내 고개를 끄덕이며 병실을 나갔다.

"차분히 그간의 일을 말씀해보시겠습니까?"

그가 옆에 있던 보호자용 의자에 앉았다.

"저, 근데 아버님께는…."

진우가 말끝을 흐렸다.

"그런 걱정은 하지 않으셔도 됩니다."

그는 원장실에서 봤던 사람과 전혀 다른 사람 같았다. 신뢰할 수 있는 깊은 눈빛과 어투였다.

"사실 지금 정신과를 좀 다니고 있습니다."

"어떤 문제 때문인가요?"

그가 안경을 고쳐 썼다.

"아주 가끔 개를 보면 통제하지 못할 만큼 몸이 떨리고 온몸이 굳어버립니다. 그래서 정신적인 문제란 생각에…."

그가 고개를 미세하게 끄덕였다.

"그래서 어떤 치료를 받으셨나요?"

"대부분 최면에 중점을 뒀고 약을 처방받아 먹고 있습니다. 하지만…."

"…."

"최면도 진전이 없고 약을 먹어도 나아지는 게 전혀 없습니다. 오히려 병원에 다니고 나서부터 악몽이 더욱 심해졌습니다."

의사가 진우를 지그시 바라봤다.

"그 전엔 생활하는 데 지장이 없으셨나요?"

"네. 최면 치료를 시작하기 전까진 불과 1, 2년에 한 번씩 아주 가끔 나타나던 증상이었으니까요."

"근데 어떤 이유로 치료를 결심하셨습니까?"

진우가 침을 삼키며 손을 꼼지락댔다.

"말씀하기 힘드시면 안 하셔도 됩니다."

의사가 내뱉은 말과 다르게 답을 기다렸다.

"혜원이가 결혼하면 지금 키우는 개를 데리고 오고 싶어 해서…."

"어쩔 수 없는 선택이셨군요."

의사가 콧바람을 내뿜었다.

"근데 요즘 악몽도 그렇지만 증상의 빈도수도 너무 잦아졌습니다."

"최면 치료를 시작하고 난 뒤부터겠군요."

의사가 중지로 안경 중앙을 올려세웠다.

"첫 최면은 상당히 고무적이었어요. 뿌연 거울을 손바닥으로 닦은 것처럼 기억이 선명해졌으니까요. 그런데 그게 다였습니다."

"다였다?"

"첫 최면에서 얻은 그 기억이 전부입니다. 최면을 거듭해도 앞으로 나아갈 수가 없었어요."

의사가 무언가 생각하는 듯하다가 진우에게 물어왔다.

"최면에서 봤던 기억과 악몽이 혹시 연관되어 있습니까?"

"그건 잘 모르겠습니다. 겹치는 게 없어서….."

"악몽은 주로 어떤 내용입니까?"

"한 여자가 나오고 갓 태어난 듯한 강아지 한 마리가 나옵니다."

"여자와 강아지라…."

"얼굴을 알 순 없지만 나타났다가 사라지고 갓 태어난 핏덩이 강아지만이 마지막에 남습니다. 대체 왜 그런 꿈을 꾸는지 모르겠습니다…."

진우가 터덜터덜 한숨을 내뿜었다.

"최면에서 찾은 기억은 뭔가요?"

"제가 10대 후반쯤의 기억입니다. 현관에 제가 서 있고 문 앞엔 네 사람이 서 있었죠."

"그게 누구죠?"

진우의 입술이 파르르 떨렸다.

"엄마와 형이랑 호빵이라는 누나…."

"또 한 사람은요?"

"…형이 누나에게 받아 안은 아이요."

멍한 눈으로 그가 덧붙였다.

"형과 누나의 아이였어요."

2장

실마리

우리의 삶은 설계되지 않은 것처럼 교묘히 흘러간다.
단, 그 설계도가 하나가 아닐 뿐이다.

어른의 의무

기적이란,

간절한 마음이 모이고 모여 쌓인 결과물이다.

죽음이란 무엇일까?

지금도 세계 각지에선 세상 속에 들어오는 혼과 나가는 혼이 교차하고 있다. 그 수가 얼만큼인지는 알 수 없지만, 분명한 건 나간 혼들로 인해 어떤 이들의 기둥이 무너져 있단 사실이었다.

"세아야, 가서 물 한 잔만 떠와라."

부의함 앞에 앉아 술 냄새를 풀풀 풍기는 작은 아빠가 돈을 세며 말했다.

"작은 아빠!"

세준이 고요한 빈소의 장막을 깨뜨렸다.

"알아서 떠다 드세요. 제대로 서 있지도 못하는 애한테 시키지 말고."

"너, 이 자식. 어른한테 그게 무슨 말버릇이야?!"

그가 철제 의자를 박차고 일어나 세준에게 손가락질했다.

"대체 여긴 왜 오신 거예요?"

"뭐? 멀리서 힘들게 찾아온 사람한테 짜식이 말을 그따위로밖에 못해? 니 엄마가 그렇게 가르치던?!"

영안실에 있는 그녀의 눈썹이 꿈틀거릴 말이었다.

"작은 아빠 때문에 우리가 얼마나 고생한 줄 알아요? 엄마가 그렇게 가르쳤냐고요?!"

작은 아빠의 노기 어린 빛이 순식간에 갈 길을 잃었다.

"아휴, 요즘 젊은것들 말세다 말세."

그가 허공에 말을 뱉으며 게걸음으로 자리를 피했다.

'저 망할 인간이 아무리 노름에 환장했어도 아주버님 목숨값으론 장난 안 칠 거예요, 형님.'

그가 세준 아빠의 보상금을 갖고 튀었을 당시 작은 엄마가 엄마에게 했던 말이다. 어느 날인가 바닷가 어딘가에서 아빤 실종됐고 그 뒤 돌아온 건 사망통지서 한 장과 보상금이었다. 당시 보상금으로 전셋집을 구해준다고 해놓고 튄 망할 놈의 작은 아빠가 새로운 작은 엄마란 사람과 십여 년 만에 나타난 것이다.

"오빠."

작은 아빠가 나가고 다시 고요가 찾아들었을 때 입구에 풍채가 거대한 남자가 나타났다. 그를 보며 세아가 상념에 잠긴 세준을 깨웠다.

"어떻게 여기까지…."

세준이 황급히 일어서 그에게 다가갔다.

"얼마나 마음이 아프고 쓰린가."

그가 반짝이는 깊은 눈으로 세준의 어깨를 잡았다.

<u>며칠 전</u>

"오빠! 엄마랑 우리 학원 쌤이랑 친구라던데? 꽤 유명한 쌤이야. 유튜브에도 많이 나와."

세아의 말을 듣고 진우라는 쌤의 학원을 찾은 세준이 입구에 서서 한 줄기 희망을 품고 있었다.

그래, 어쩌면 엄마를 낫게 해줄 유명한 의사를 소개해줄지도 몰라.

세준의 기대와는 달리 그는 엄마의 이름조차 모르는 눈치였다. 어떤 소득도 얻지 못하고 엄마의 병원에서 저녁이 나올 즈음 핸드폰에 모르는 번호가 찍혔다.

"홍세준 씨 핸드폰 맞나요?"

"누구세요?"

"쪽지에 적어주신 번호로 연락드렸어요. 아까 에듀팜에서 잠깐 대화 나눴던 한예서 실장입니다."

에듀팜? 목소리가 진우라는 쌤 옆에 있던 그 여자 같았다.

"…무슨 일로?"

"시간이 되신다면 잠깐 이쪽으로 다시 와 주실 수 있을까요?"

"네?"

"이리 줘보게." 핸드폰 너머에서 남자 목소리가 들리더니 그가 곧 전화를 받았다.

"안녕하십니까. 저는 방문하신 학원의 원장입니다."

"원장님이요?"

"그렇습니다. 괜찮으시다면 잠시 이야기를 나누고 싶은데요."

"어떤, 이야기를…."

세준이 더듬거렸다. 상황이 전혀 가늠되지 않았다.

"꼭 여쭙고 싶은 게 있습니다."

"음…."

달리 거절할 이유가 떠오르지 않았다.

"언제요?"

"지금도 괜찮으시다면 뵙고 싶습니다."

"아, 그럼 그쪽으로 갈게요."

30분 뒤, 세준은 11층에 있는 원장실에 앉아 있었다. 처음 전화를 했던 한예서라는 실장은 세준을 원장실까지만 안내해주곤 어딘가로 사라져버렸다.

"제가 아까 통화했던 이 학원의 원장입니다."

거구의 남자가 세준에게 악수를 청했다. 그에게서 왠지 모를 위압감이 느껴졌다. 하지만 그 위압감이 여느 어른에게서 느껴지는 자신을 누르려는 힘이 아님을 느낄 수 있었다.

"저는 홍세준이라고 합니다."

그가 살짝 미소를 보이며 다시 말했다.

"따뜻한 차예요, 몸 좀 녹여요."

"감사합니다."

세준이 차에 입을 대고 내려놓자 원장이 어색함을 깨고 한마디를 내놓았다.

"어디서부터 시작해야 할까…. 세준 군이 이해할지는 모르겠지만 유 팀장뿐만 아니라 우리 학원에서 얼굴이 알려진 선생님들께는 수많은 청탁이 들어와요. 대부분 우리 학원과 관련된 청탁이죠. 부탁하러 오는 사람들 또한 대부분 학부모고요."

세준이 허리를 바짝 세웠다.

"뭐, 세준 군에게 이런 말을 하는 게 맞는지 모르겠지만 유 팀장은 장차 내 사위가 될 사람인데 유 팀장을 찾은 사람이 고향 친구의 아들이라는 말을 듣고 궁금해하지 않을 수가 없었어요."

세준이 전혀 이해되지 않는 눈으로 그의 입에 집중했다.

"이 큰 학원을 운영하자면 나는 유 팀장뿐만 아니라 많은 직원의 사생활 일부까지도 관리하고 있어요."

세준이 고개를 끄덕였다.

"기분이 언짢을 수 있겠지만 세준 군이 적고 간 어머님의 이름으로 수소문을 좀 해봤습니다."

"저희 엄마를요?"

"그래요. 유 팀장과 어릴 적 같은 동네에 살았던 분이 맞더군요."

근데 왜 아까 모른 척을 한 거지?

의문이 들었지만 일단 그가 하는 말을 잠자코 지켜봤다.

"세준 군이 유 팀장에게 하려던 부탁, 내가 좀 들어볼 수 있을까요?"

"네?!"

세준의 멍하던 눈이 똥그래지며 아래턱이 벌어졌다.

"좀 전에도 말했듯 유 팀장은 장차 내 사위가 될 사람이고 난 그를 무척이나 아낍니다."

그가 이어 말했다.

"그 동네 사람들의 말로는 어머님이 세준 군의 나이쯤이었을 때 어느 날 홀연히 사라졌다고 하더군요. 매일같이 붙어다니던 둘이었는데 말입니다. 그때 유 팀장에게도 무슨 일이 생겨서 단편적인 기억을 잃은 것 같고."

"기, 기억을요?"

"그래요. 난 유 팀장의 기억을 찾아주고 싶습니다. 물론 나도 그 기억이 뭔지 궁금하고."

원장의 음성이 묵직하게 깔렸다.

"죄송한 말씀이지만 제 부탁은 그런 것과는 관계가 없을 것 같은데요….”

세준이 조심스럽게 말했다. 원장이 잠시 눈을 내리깔았다가 다시 입을 열었다.

“관계가 있게 될지도 모르지요.”

“네?”

“내가 세준 군의 부탁을 들어주면 내 부탁도 좀 들어줬으면 좋겠는데.”

세준이 잠자코 있다가 상대의 의중을 눈치챘다.

“절 어떻게 생각하시는지 모르겠지만 전 기껏 배달 일이나 하고 지내는걸요. 할 수 있는 게 없어요….”

그가 알 수 없는 미소를 지었다.

“세준 군의 부탁이 뭔지 먼저 들어볼 수 있을까요?”

세준이 잠시 고민하는 듯 싶더니 콧바람을 한 번 내뿜곤 입을 열었다.

“저희 엄마를 고칠 수 있는 의사를 찾고 싶어요.”

“어머님을요?”

그가 차분히 되묻자 세준이 고개를 끄덕였다.

원장이 곧바로 옆에 놓인 전화기의 버튼을 누르자 한예서라는 실장이 문을 열고 들어왔다.

“윤 박사에게 전화 넣어서 췌장암에 권위자가 어떤 의사인지 좀 알아봐요.”

그녀가 수첩에 뭔가를 끄적이더니 허리를 숙이곤 다시 사라졌다.

"…근데 췌장암이라는 건 어떻게?"

자신은 엄마의 병명을 말한 적이 없었다.

"말했잖아요. 이 큰 학원을 운영하자면 모든 정보는 내게 중요합니다."

그가 말했다.

"곧 어머니를 담당할 의사를 만날 수 있을 거예요."

이게 힘이란 것일까? 지금 눈앞에서 자신이 그렇게 시도해도 실패했던 일을 이 사람은 전화 한 통으로 해결하고 있었다. 간단했지만 힘 있는 행동에 세준은 새로운 희망을 품기 시작했다.

"…감사합니다."

"아직 감사 인사는 일러요. 어머님의 상태에 따라 새로운 의사가 붙을지 말지 결정될 겁니다. 세상에 아무리 유능한 의사라도 생과 사의 흐름을 바꿀 수는 없는 법이니까."

원장의 눈빛이 단호했다.

"제가…, 뭘 하면 좋을지?"

세준이 기어들어 가는 목소리로 말했다. 분명 원장은 자신이 할수 없는 일을 요구할 게 틀림없었다. 하지만 불가능하다고 해도 어떤 일이든 지금은 해야만 했다.

"제가 할 수 있는 거라면 뭐든지 하겠습니다."

아직 입을 열지 않고 있는 원장에게 좀 전보다 큰 소리로 말했다.

"우리 유 팀장을 도와줘요."

"네?"

전혀 예상하지 못한 말이었다.

"유 팀장이 기억을 찾을 수 있게 도와줘요."

"그건 제가 할 수 있는 일이 아닌…."

"다른 걸 바라는 게 아닙니다. 내 생각엔 세준 군의 어머님과 유 팀장의 잃어버린 기억은 관련이 있어요."

세준이 눈알을 이리저리 굴려봤지만 어떤 관련인지 알 수 없었다.

"제가 어떤 걸 하면?"

"유 팀장이 혹시라도 언제고 찾아왔을 때 세준 군이 할 수 있는 걸 해주면 됩니다."

여전히 이해할 수 없었지만, 세준은 고개를 반사적으로 끄덕였다.

"아 참, 그리고."

원장에게 일어서서 깊은 인사를 하고 뒤돌던 세준을 그가 불러 세웠다.

"부끄러운 건 사람이 입고 있는 옷이 아니라 그 사람이 하는 그 생각입니다."

"네?"

"본인의 일을 부끄러워 말아요. 부끄러운 생각은 부끄러운 자신을 만들게 되니까요."

세준은 그렇게 머리통을 가격당하고 건물을 빠져나왔다.

"감사합니다. 여기까지 찾아와주시고."

원장은 바로 다음 날 모든 약속을 지켜주었다. 한예서라는 실장은 엄마를 대학병원으로 옮겨주었고 하나하나 자잘한 일까지 모두 처리해주었다. 심지어 밀려있던 병원비까지 모두 정산해주었다.

"상심이 정말 크겠지만 잘 버텨내야 해요."

원장이 세준을 측은히 바라봤다.

"우리 학원에 다닌다던 동생 맞죠?"

그가 세준 옆에 있는 세아를 보며 말했다.

"하늘도 무심하시지…."

그가 빈소의 천장에 한숨을 뱉어냈다.

"장례 끝날 때까지 밥 거르지 말고 잘 챙겨요."

빈소 맞은편 식당에 세준과 원장이 마주 앉았다.

"세아 양은 언제든지 학원에 다시 나오게 해요. 비용 걱정은 일절 하지 말고."

"…말씀만으로도 감사합니다."

원장이 고개를 흔들며 세준에게 다시 말했다.

"어머님이 어딘가에서 세준 군이 동생을 잘 보살피길 바라시겠지요? 세준 군이 꿋꿋해야 동생도 꿋꿋할 수 있어요."

세준이 입술을 깨물었다. 엄마의 죽음을 맞닥뜨렸을 때부터 눈물꼭지가 고장 났는지 단 한 방울도 나오지 않았었다. 그런데 지금, 원장의 말이 금세 그 눈물꼭지를 고쳐버렸다.

"…감사하다는 말이 부족할 만큼, 정말로, 정말로 감사합니다."

세준의 양말이 떨어지는 눈물에 흠뻑 젖어갔다.

"지금은 어떤 말도 위로가 되진 않을 겁니다."

눈동자를 가린 눈물 때문에 고개를 들 수 없었다.

"세준 군에게 닥친 일이 감당할 수 없을 만큼 크다는 거 알고 있어요. 하지만 지금부터가 정말 중요해요."

훌쩍이는 세준에게 그는 온기가 담긴 진심을 전했다.

"세준 군은 미성년인 세아 양의 보호자예요. 이끌고 가야 할 사람이 있다는 말이죠. 모든 이의 상황과 정답이 다르듯 자신을 믿고 세준 군만의 상황에서 정답을 잘 찾아야 해요. 그래야 세아 양이 올바르게 클 수 있어요. 어머님도 분명 그걸 원하실 거고."

세준이 고개를 묻은 채 손등으로 눈물을 닦아냈다.

"부끄러운 생각은 남들 입맛에 쉽게 휘둘린다는 걸 기억하세요. 어머님이 계시지 않는 세아 양이 그런 생각을 하지 않게 세준 군 역할이 중요합니다. 물론 지금은 세준 군도 힘들겠지만, 이 모든 일이 끝나면 내게 찾아와요."

세준의 어깨가 쉼 없이 들썩였다.

"그리고…, 세준 군은 절대 외톨이가 아니란 걸 기억하세요. 언제든 내가 옆에 있다는 걸 잊지 말고."

그에게 정말 필요했던 건 진짜 어른의 품이었는지도 모른다.

새로운 편견

'대부분의 기억은 그 기억 자체를 기억하기보단 그 상황을 겪었던 자신의 감정을 기억하는 겁니다. 그래서 같은 사건을 두고도 사람들은 각기 다른 기억을 하는 것이죠. 그 기억의 감정을 들여다보기 위해선 무의식에 대한 이해도가 높은 전문의를 만나셔야 합니다.'

병원에서 진우에게 의사가 남겼던 말이다. 지금 이곳에 서 있게 된 이유이기도 했다.

'기억 교정센터'

우연일까? 며칠 전 봤던 소책자에 적혀있던 이름이 바로 눈앞에 있었다. 진우는 오묘한 느낌으로 출입구로 들어섰다.

"어떻게 오셨습니까?"

무전기를 든 보안요원이 말했다.

"오상철, 박사님과 약속이 되어있습니다."

보안요원이 무전기에 뭔가를 말한 뒤 이어폰에 손을 올렸다.

"확인."

그가 진우를 보며 말했다.

"엘리베이터 타고 3층으로 가시면 됩니다. 출입증은 나오실 때 반납해 주시고요."

출입증을 목에 건 진우가 엘리베이터에 올라 3층으로 향했다. 문이 열리자 진우가 올라오길 기다렸다는 듯 안내원으로 보이는 여자가 단정한 차림으로 허리를 굽혔다.

"절 따라오시면 됩니다."

그녀의 미소에 당황한 얼굴로 화답하며 뒤를 따랐다. 복도 끝에 선 창가를 통해 밝은 빛이 주변을 밝혔다.

똑똑.

그녀가 방화문에 둔탁한 소리를 울렸다. 하지만 열린 문은 진우 앞에 있는 문이 아니었다. 뒤에서 철컥하는 문 소리가 나더니 누군가 잰걸음으로 복도를 걸어왔다.

"유진우 씨 되시죠?"

한 남자가 왼손에 칫솔을 들고 악수를 청해왔다.

"오상철이라고 합니다."

뿔테안경 뒤로 보이는 맑은 눈이 진우의 경계심을 허물었다.

"들어오시죠."

오 박사가 문을 열고 먼저 들어갔다. 방화문을 열자 널찍한 사무실 끝에 공연장에서나 볼법한 방음 처리가 잘 된 문이 보였다.

"이쪽으로 앉으시죠."

그 문을 열고 들어간 오 박사가 책상 앞에 둥근 의자를 가리켰다.

"차 괜찮으시죠?"

그가 차를 타고 있는 사이 진우의 시선이 사무실 안 곳곳을 살폈다. 들어올 때부터 느꼈지만 이 공간은 문밖 공간과 또 다른 풍경이었다. 구석에 있는 카우치 주변에 각종 활엽수가 신선한 기운을 뿜으며 공기를 정화하는 듯했다.

"유학 시절 제 스승이십니다."

책상 위 사진에 시선을 두고 있는 진우에게 그가 말했다.

"아…."

차를 내려놓으며 그가 맞은편에 자리했다.

"당시엔 한국에서 최면 공부할 여건이 되지 않아 어쩔 수 없이 한 선택이었죠."

'UDI 울트라뎁스 한국 지부장.'

"한국 지부장이시면…."

진우가 사진 옆에 있는 임명장을 보며 중얼댔다.

"운이 좋게도 좋은 스승님을 만나 한국 지부장 자리까지 주신 거죠. 어깨가 더 무겁습니다."

그가 멋쩍어하며 웃어 보였다. 왠지 박 원장에게 느낄 수 없던 신뢰가 느껴졌다.

"드십시오, 이런 날엔 국화차만큼 제격인 게 없습니다."

김이 모락모락 나는 차를 입에 가져다 대자 온기가 순식간에 온 몸으로 퍼져 들었다. 낯선 곳에 긴장한 세포들도 재빠르게 이완되 며 제 주인에게 안전하다는 신호를 보냈다.

"어제 윤 교수에게 말씀하신 건 잊고 처음부터 다시 시작해보시 죠."

사무실 분위기는 분명 그가 의도를 갖고 꾸몄을 것이다. 그 의도 엔 활엽수의 공기정화, 은은한 조명, 따뜻한 차가 모두 포함됐을 것 이다. 진우는 그곳에 완전히 녹아들어 어제보다 더 선명한 감정을 오 박사에게 전달했다.

"그러니까 현관에 계셨던 분은 총 다섯 명이군요. 형님과 호빵 이라는 분의 아이까지 말입니다."

진우가 고개를 끄덕였다.

"우리는 과거를 무의식의 저편에 내려놓고 현재를 살아갑니다. 아주 가끔 그 과거가 필요할 땐 현재에 지장이 생기지 않게끔 과거 를 각색해서 필요한 부분만을 의식으로 올리죠. 하지만 진우 씨의 경우 무의식에 있어야 할 과거가 의식으로 제멋대로 올라오며 현 실과 뒤엉킨 것 같습니다."

오 박사가 진우의 얼굴을 한번 살피고 다시 말을 이었다.

"무의식은 아마 정신이 열려있는 수면 중에 악몽이라는 형태로 과거의 어떤 사건과 연루되어 튀어나왔을 겁니다."

그의 표정이 자못 심각했다.

"과거와 현실의 경계를 명확히 해야 현실을 제대로 살아갈 수 있습니다. 지금 우리가 해야 할 건 과거의 정확한 기억을 복원하는 겁니다."

"복원…, 이요?"

"그렇습니다. 과거도 모른 채 현재의 문제를 해결할 순 없으니까요."

"복원이라면, 어떤?"

"지금은 최면밖에 방법이 없습니다."

"아, 최면….."

진우의 표정이 못 미더웠다. 이미 실패한 경험 때문이었다.

"진우 씨가 최면에서 더 이상 기억을 찾지 못한 이유는 방어기제라는 녀석 때문일 겁니다. 무의식에 사는 방어기제가 나타나며 주인을 보호한 거죠. 하지만 역설적으로 방어기제라는 녀석을 무너뜨리지 못하면 치료는 불가능합니다."

"최면 외엔 다른 방법이 없나요?"

진우가 자신이 없는 듯 말했다.

"최면이 끝이 아니지요."

진우가 눈을 끔뻑였다.

"그다음 기억교정이라는 치료법이 시작될 겁니다."

눈이 다시 반짝였다.

"아직 임상 중이긴 하지만 이미 우린 네 번의 시험을 거쳤습니다. 모두 다 성공적이었고 현재 다섯 번째 시험을 앞두고 있습니다."

침묵이 흘렀다. 진우가 무슨 생각을 하는지 눈동자가 양옆으로 움직였다.

"외람되지만 질문을 좀 여쭤도 될까요?"

"물론입니다."

"사실 제가 이곳에 오기 전, 우연히 박사님의 인터뷰를 본 적이 있습니다."

"이곳에 오실 운명이셨나 봅니다."

그가 농담 삼아 던지며 웃어 보였다.

"기억을 자르고 편집한다는 게, 정말 가능한 일입니까?"

오 박사가 미소를 머금고 수없이 많은 사람에게 답했던, 이젠 지겨울 법할 그 답을 말하기 시작했다.

"유전자가위라는 용어는 들어본 적 있으신가요?"

"아, 아뇨."

"유전자가위라는 건 간단하게 말씀드리면 찢어진 옷에 새 옷감을 덧대는 기술입니다. 지금은 3세대 크리스퍼라는 단계까지 와 있는데 남성의 정자와 여성의 난자를 결합해 수정란을 만들고 남성이나 여성이 갖고 있던 불량 DNA를 특수한 가위로 잘라낸 뒤 이어 붙이는 기술입니다. 우리나라에선 아직 합법화가 되지 않았지만 이미 중국에선 연구진이 남성의 에이즈 관련 DNA를 잘라내고 쌍 둥이를 탄생시켜 윤리적인 문제에 휩싸인 적이 있었습니다."

"아아…."

진우의 아래턱이 벌어졌다.

"기억교정은 유전자가위에서 파생된 분야입니다. 유전자가위는 말 그대로 '불량 유전자'를 의료용 가위로 절단하고 '정상 유전자' 끼리 다시 이어붙이는 기술입니다. 그렇다면 우리의 기억 또한 '불 량 기억'은 잘라내고 '정상 기억'만을 이을 수 있지 않겠습니까?"

"그, 그게 정말 가능합니까?"

진우가 말을 더듬었다.

"어느 분야를 막론하고 새로움이라는 것이 안착하려면 사람들 이 알고 있는 기존의 상식을 파괴해야만 합니다. 지금까지 인류는 그렇게 발전해왔고 저희 분야 역시 마찬가지입니다."

너무도 흥미로운 얘기에 오 박사의 입에 더욱 집중됐다.

"우리는 객관적인 사실을 기억하기보단 사건을 각색하고 편집 하는 능력에 더 특화되어 있습니다. 인간의 그런 능력을 활용해 우 린 기억의 한 부분을 거둬내고 '대체기억'이라는 기억을 심어 기존 의 기억과 이어 붙입니다."

"대체…, 기억이요?"

"잘라낸 기억의 자리에 들어가는 기억입니다. 잘라내기만 한다면 그 사람은 과거의 한 부분을 통째로 잊은 채 혼란 속에 살 수밖에 없습니다. 그래서 우리가 고안해낸 방법입니다."

진우가 신음을 냈다. 이해되지 않는 부분이 한둘이 아니었다.

"좀 더 쉽게 설명하자면 어떤 기계장치에서 톱니바퀴의 이빨 하나가 부서졌다고 가정을 해보죠. 그 톱니는 밸런스가 맞지 않아 다른 톱니들과 제대로 맞물려 돌지 못하게 됩니다. 우리의 삶도 마찬가지죠. 과거가 있어야 현재가 있고 현재가 있어야 미래도 있는 법입니다."

"아아."

진우가 살면서 한 번도 들어보지 못한 이야기였다. 머릿속이 복잡했다. 지금 들은 얘기도 정리되지 않았는데 그가 다시 입을 열었다.

"우리의 뇌 속에는 수없이 많은 구불거리는 길이 존재합니다. 기억복원은 그 길 속에서 우리가 가고자 하는 목적지에 표시를 해주는 작업입니다. 우리 연구진들은 그 길을 표시하고 기록하며 기억에 연결된 시냅스들을 잘라내고 곧바로 대체기억을 심게 됩니다."

"대체기억이라는 것에 대해 좀 더 자세히 말씀해 주실 수 있을까요."

오 박사가 한 박자 쉰 다음 입을 열었다.

"대체기억이라는 것은 우리가 만들어낸 일종의 비디오 같은 겁니다. 시험자에게 지금은 모두 다 같은 비디오가 들어가 있는 셈이지요. 하지만 이번 임상에선 시험자들에게 각기 다른 대체기억을 심을 계획입니다. 안전이라는 단계는 넘어섰으니 교정을 받는 당사자들의 삶에 어울릴 만한 기억을 심는 단계인 거죠."

"그게 무슨 말씀이신지?"

"인간이 모두 같은 삶을 살 수는 없지 않겠습니까? 물질만을 좇아 사는 인간의 삶이 대부분 비슷하긴 하지만."

그의 표정에서 염세적인 흔적이 묻어났다.

"물론 저도 투자자들의 아우성 때문에 이 단계를 빨리 진행하긴 하지만요."

분명 자조 섞인 말이었다.

"투자요?"

"우리 연구엔 아주 막대한 돈이 듭니다. 그러니 대체기억이라는 상품을 빨리 내놓으라고 투자자들이 아우성을 치고 있죠."

"…"

"그들은 대체기억을 마트 진열대에서 고르듯이 쉽게 팔 수 있길 원합니다. 인간이라면 누구나 행복하고 기분 좋은 기억을 원할 테니까요."

"아아…."

"윤 박사 소개로 오셔서 그런가 저도 모르게 쓸데없는 얘기까지 하게 됐네요, 하하."

그가 갑자기 눈빛을 바꾸며 멋쩍어했다.

"혹시 부작용 같은 건 없습니까?"

"첫 시험 때 시험자의 약 2% 정도가 헛구역질과 두통을 호소했었습니다. 100명 중 2명에게 나타난 반응이었죠. 그 때문에 지금은 모든 시험자에게 한 시간 이상 취침실에서 잠을 자고 센터를 나가게 하고 있습니다."

"취침이요?"

"인간의 뇌는 습관으로 자리 잡은 기억만을 끌어다가 하루하루를 살게 됩니다. 그게 훨씬 더 효율적이기 때문이죠. 그런데 시험 중인 뇌는 쓰지 않던 기능들을 아주 많이 사용하게 됩니다. 근육 운동을 할 때 횟수가 느는 만큼 점점 가시적인 효과를 내면서 몸이 적응하듯 뇌도 쓰지 않던 세포를 올려 썼을 땐 그 기억에 대한 적응이 필요한 겁니다."

진우가 고개를 수차례 끄덕였다.

"백견이 불여일행입니다."

"네?"

"말은 임상이지만 이미 네 차례의 시험을 거쳤고 첫 번째 시험에서만 나타나던 부작용도 두 번째 시험부턴 0%였습니다. 안전은 보장되어 있으니 이번이 좋은 기회가 될 겁니다."

"기회라니."

"임상에 참여해보시죠."

"아…."

진우가 난색을 표했다.

"내키지 않으시면 안 하셔도 됩니다."

표정에서 많은 고민이 교차했다.

"다만 교정을 건너뛰시게 되면."

진우가 고개를 들어 오 박사를 바라봤다.

"최면 치료로 방어기제를 무너뜨리고 기억을 복원한다고 해도 그 기억은 치료되지 않을 수도 있습니다."

"왜죠?"

"현재를 버티지 못할 만큼 지워야만 했던 끔찍한 기억이라면 지금도 그 기억은 끔찍한 기억일 확률이 높습니다. 아무리 나이를 먹었어도 내면의 자신은 어릴 적 모습 그대로인 경우가 많아서 그 기억을 품지 못하면 최면 치료는 별 의미가 없습니다."

진우의 눈동자가 책상을 응시했다.

끔찍한 기억이라고? 나한테 그런 게 있었을까?

반문해 봐도 아무것도 떠오르지 않았다. 그러다 박사의 눈을 다시 똑바로 바라보며 말에 무게를 실었다.

"혹시…."

조심스러운 듯 잠시 말을 끊었다.

"기억을 아예 지우는 것도 가능합니까?"

박사가 살짝 벌어진 입술 사이로 숨을 짧게 들이마셨다. 미세한 소리였지만 분명히 들을 수 있었다. 그가 벌어졌던 입을 금세 다물고는 표정을 고쳤다.

"물론입니다."

박사의 대답 역시 무게가 실려 있었다. 그가 발음 하나 새지 않고 또렷이 진우에게 되물었다.

"어떤 기억을 지우고 싶으십니까?"

진우가 숨을 코로 몰아쉰 뒤 입을 열었다.

"16년이나 원망하고 산 형을 기억에서 지우고 싶습니다."

얽히고설킨 인연들

뚝딱뚝딱!

평화로운 주말 번화가의 버스정류장 뒤편에서 나는 소음과 먼지 때문에 길을 걷는 사람들 얼굴이 찌푸려졌다.

"이봐요! 딱 봐도 수평이 안 맞잖아!"

소리치는 젊은 남자 옆으로 살짝 머리가 센 키가 작은 부부가 서 있었다.

"과장님, 뭐 좀 여쭤봐도 될까요?"

노년에 접어드는 듯한 남자가 말했다.

"네."

젊은 남자가 허리춤에 양손을 올린 채 고개도 돌리지 않고 답했다. 노년의 남자는 깨알 같은 글씨로 된 계약서 밑부분을 가리켰다.

"여기 '제10조 3항에 보면 식재료 및 모든 공급 물품은 본사에서 제공하는 물건을 사용하기로 한다.'라고 나와 있는 부분이요. 사소

한 식재료 같은 것도 모두 포함인가요? 떡볶이에 들어가는 오뎅 같은 거요."

젊은 남자가 들고 있던 종이 뭉치로 계약서를 밀어냈다.

"점주님."

그가 인상을 팍 쓰며 노년의 남자를 내려다봤다.

"저희 재료 쓰지 않으실 거면 뭐 하러 저희 이름으로 프랜차이즈를 내세요?"

"그러니까 제 말은."

"알아서 하세요. 나중에 소송 들어가도 저희 탓하지 마시고"

그가 노년의 남자 말을 끊어냈다. 그 뒤에 서 있는 여자의 눈빛이 떨렸다.

"거, 젊은 분이 좀 너무한 거 아니요? 파트너 간에 충분히 대답해 줄 수 있는 질문 아닙니까?"

얼마 전까지 한 회사의 부장으로 있을 때 막내 직원 나이로밖에 보이지 않는 사람에게 무시를 받으니 노년의 남자는 언성을 높이지 않을 수 없었다.

"이보십쇼, 점주님. 도장 다 찍어놓고 이제 와서 조항 물고 늘어지시면 매장은 언제 오픈합니까? 지금도 해 다 지는데 저 사람들 고생하는 거 안 보여요?"

젊은 남자가 손가락으로 매장 안을 분주히 다니는 사람들을 가리켰다.

"아니, 내 말은."

"이번이 처음이에요? 전부터 자꾸 계약이 뭐 어쨌네저쨌네 하시는데 그러시면 무르고 다른 데랑 하시든가요!"

"지금 이 과장 태도가 도장 찍기 전이랑 너무 다르니까 그런 거 아니에요!"

"여, 여보."

여자가 노년 남자의 팔을 뒤에서 붙잡았다.

한 회사에서 경력만 20년이 넘은 그였지만 세상 물정을 몰랐던 것일까. 유동인구가 많은 가게 위치만 보고 제일 유명한 프랜차이즈 분식집을 내면 아내와 자식들 먹고살기엔 지장이 없을 것 같았다. 2년도 안 돼 주인이 세 번이나 바뀐 가게 터가 미심쩍었지만, 떡볶이 장사 뭐 별거 있겠냐는 생각으로 퇴직금을 모두 쏟아부은 상태였다.

"휴."

노년의 남자가 뒤를 보며 아내의 표정을 살폈다. 그의 한숨에서 많은 감정이 교차했다.

"저도 점주님 매장이 하루빨리 자리 잡길 바랍니다. 그러려면 서로 협력을 해야지 매번 이러시면 곤란하지 않겠습니까?"

그가 고개를 대충 끄덕였다.

지이잉.

"예, 아버지."

젊은 남자가 주머니에서 핸드폰을 꺼내 받았다.

"구암동 신규 매장에 와 있어요."

그가 건물 쪽으로 걸음을 옮겼다.

"공사는 다음 주 화요일이면 끝날 거 같은데 점주가 계약서 조항을 좀 물고 늘어져서요."

그가 상가건물 안으로 들어와 현관 유리문을 닫았다.

"어떤 조항 말이냐?"

"식재료 부분인데 제가 소송 얘기로 엄포 놓았으니까 찍소리도 못할 거예요."

"다른 매장들 간판 바꾸는 일은?"

"몇몇 매장들이 좀 거부적이에요."

"뭐 때문에?"

"자기들보고 비용 일부를 부담하라니까 돈 내기 싫은 거죠, 뭐."

"본사 지원이 끊길 수 있다는 거로 공격해봐라."

"광고 비용 같은 거로도 압박 들어갈 생각하고 있어요."

16년간의 불도저 사업방식을 그가 쏙 빼닮아 아버지의 다음 나올 말을 절약해주었다.

"후훗."

전화 건너편에서 흡족한듯한 웃음이 들려왔다.

"사무실엔 언제쯤 들어오냐?"

"다른 현장도 한 번 더 둘러보고 갈게요. 뭐 시키실 일 있으세요?"

핸드폰 너머의 상대가 조금 머뭇대다가 주제를 급하게 선회했다.

"요즘 진우는 어떻게 지내냐?"

"진우요? 요즘 통 바빠서 연락을 못 해봤는데요."

"음…."

"무슨 일 있으세요?"

"네 고모부랑 오전에 통화했는데 요즘 진우가 병원에 나오지 않는다고 하더구나."

"상태가 많이 좋아졌나 보네요."

"네 고모부 말로는 제대로 잠도 못 잘 거라던데…."

"근데 왜 병원에 안 나가지."

젊은 남자가 혼잣말로 중얼댔다.

"혹시 다른 병원에라도 가면 진우가 하는 일에 지장이 생기지 않을까 걱정이구나."

"제가 전화 한번 해볼게요."

전화를 끊은 남자의 표정이 뭔가 석연치 않아 보였다. 그가 곧 전화를 다시 들었다.

전화는 안내 음성이 나올 때까지 연결되지 않았다. '보면 전화 좀 줘.'라는 메시지를 남기고 핸드폰을 바지 주머니에 찔러 넣었다.

그가 건물을 나와 1층 매장의 간판을 바라봤다. 만족스러운 표정에서 알 수 있듯 그제야 간판의 수평이 잡혀 있었다.

"이 대리! 불 좀 켜봐!"

젊은 남자가 매장 안으로 소리치자 곧 간판이 불을 밝혔다.

'**진**우네 **떡**볶이'

진심

'작더라도 당시의 기억 조각들이 있다면 분명 도움이 될 겁니다.'

교정센터를 나온 진우가 옷깃을 여미며 오 박사의 말을 떠올렸다.

엄마라면 뭔가 알고 있지 않을까?

핸드폰을 꺼내 들자 화면에 8통의 부재중이 찍혀 있었다. 한 실장에게 온 부재중만 6통이었다. 온 인생을 통틀어 이렇게 영혼 없이 살아온 적도 없었다. 주말도 없이 달려왔건만 원장의 인정은커녕 교도관에게 감시당하는 죄수같이 느껴졌다. 교도관은 물론 한 실장이었다. 하루빨리 이 상황에서 벗어나려면 증상부터 고쳐야 했다.

모든 문제의 시작은 그때부터일 거야.

"벨이 계속 울려서 받았습니다."

벨이 한참 울리더니 누군가 엄마의 전화를 받았다.

"누구세요?"

진우의 눈이 휘둥그레졌다.

"환자분 전화가 계속 울려서 받았어요."

"환자요?"

재빨리 되물었다.

"핸드폰에 둘째 아드님이라고 뜨던데 어머님 지금 회복실에 계세요."

"회, 회복실이요?"

상대가 건조하게 "네." 라고 답했다.

"회복실이라면?"

"병원이에요."

'띠리리띠리리.'

전화기 너머에서 요란한 알람 같은 소음이 울렸다.

"삼십 분쯤 뒤에 다시 거세요."

그녀가 급히 전화를 끊으려 했다.

"저기요!"

다급하게 진우가 말했다.

"어디 병원이죠?"

"하늘 병원입니다."

갑자기 병원이라니….

진우가 한달음에 병원까지 달려왔다. 1층 데스크에 엄마의 신상을 말하자 7층으로 가보라고 전달받았다. 엘리베이터에서 내려 유리문으로 된 출입문을 통과하자 눈앞에 너스 스테이션이 나타났다. 안쪽에 앉아 컴퓨터를 보고 있는 간호사에게 다가가 말했다.

"박현숙 씨 어디에 계신지 알 수 있을까요?"

허리 높이의 차단막에 팔꿈치를 올리고 진우가 물었다.

"환자분 성함이 어떻게 되신다구요?"

간호사가 앉은 채 진우를 올려다봤다.

"박. 현. 숙. 입니다."

"오늘 건강검진 받으러 오셨네요. 지금은 회복실에 계세요."

"회복실이 어디죠?"

"저쪽으로 가시면 돼요."

그녀가 손가락으로 방향을 가리켰다.

아빠의 죽음 뒤에 병원에 있는 형에게만 신경 쓰는 엄마와 소원해진 지는 오래되었다. 어쩌면 어릴 적부터 모범생인 형에게만 살가운 엄마에게 쌓인 서운함을 그런 식으로 표출했는지도 모른다.

"어떻게 오셨어요?"

회복실로 들어선 진우를 보고 입구에 앉은 직원이 물었다.

"박현숙 씨 보호자인데요."

"좀 아까 전화한 분이시구나."

그녀가 아는 척하며 말했다.

"13번 회복실로 가보시겠어요?"

내부로 들어서며 이리저리 번호를 확인했다. 각 공간을 커튼이 가리고 있었고 그 위에 번호가 표시되어 있었다. 13번 회복실 앞에서 커튼을 조심히 열어젖혔다.

엄마의 뒷모습이었다.

보호자용 둥근의자에 조심스레 앉아 엄마의 뒷모습을 바라봤다. 벽을 보고 있는 엄마의 뒤통수에는 흰머리가 몰라보게 늘어 있었다.

엄마와 밥 한 끼 먹은 게 언제였는지 기억조차 가물가물했다. 아무리 형과 자신을 차별하는 것 같은 엄마였지만 나이를 먹고 보니 열 손가락 깨물어 아프지 않은 손가락이 없음을 조금이나마 이해했다.

사지 멀쩡한 자식보다 아픈 자식에게 더 마음이 쓰이는 게 어쩌면 당연했던 게 아닐까.

"우링아드을, 엄마가 피안…애. 피…아안…애."

엄마가 벽에 대고 중얼댔다.

"엄…매가 너무 피안…애."

내시경을 받으면 마음에 있는 소리를 그렇게들 한다는데 엄마는 뭐가 미안하단 걸까? 형을 그렇게 만든 게 엄마도 아닌데 말이다.

"…진석이니?"

엄마가 뒤척이며 진우 쪽으로 몸을 돌렸다. 아직 현실로 돌아오지 못한 눈이었다.

"나야, 진우."

"지이누?"

엄마의 눈동자가 몽롱했다.

"좀 더 자요."

진우가 엄마의 손을 잡고 나직하게 말했다. 엄마는 침대에 완전히 몸을 의지한 채 힘없이 눈만 끔뻑이고 있었다.

"진우야, 지금 몇 신가 봐라."

엄마가 총총걸음으로 병원 로비를 지나치며 뒤따르는 진우에게 말했다.

"1시 좀 넘었는데?"

"아이고, 너무 많이 자버렸네. 니 형한테 가는 날인데 오늘."

형? 오랜만에 들어보는 호칭이었다.

"천천히 가. 뭘 그리 서둘러."

"니 형은 엄마만 기다리고 있을 텐데 빨리 가야지."

"아니, 매주 가면서 한 번 좀 늦는다고 형이 없어지기라고 해?"

"니 형은 만날 엄마만 기다려!"

엄마의 단호함에 얼이 빠진 진우가 아까부터 주머니에서 계속해서 울려대는 핸드폰을 꺼냈다.

"팀장님! 왜 이렇게 전화를 안 받으세요?!"

진우가 입도 열기 전에 타박이 들려왔다.

"일이 좀 있어서요."

"원장님께 결재 올려야 하는데 하도 연락이 안 돼서 제가 그냥 처리했어요."

'제가 그냥 처리했어요.'라는 말은 분명 진우 책상 위에 있는 도장에 또 손을 댔다는 얘기다.

"…잘하셨어요. 오후에 중요한 스케줄 없으면 개인적인 일 좀 더 볼까 하는데."

"요즘 자리 비우시는 빈도가 높은 건 아시죠? 원장님께 핑계 대드리는 것도 한계가 있어요."

"급한 일이라 그래요. 저녁 전에는 들어갈게요."

"원장님이 찾으시면 금방 들어오셔야 해요. 전화 잘 받으시구요."

"예예."

전화를 끊고 시야에서 사라진 엄마를 찾아 병원 현관으로 서둘러 뛰어갔다. 회전문에 들어섰을 때 반대편에 삼베 완장을 찬 남자가 병원으로 들어오고 있었다. 아마 지하에서 장례를 치르는 어느 상주인 모양이었다. 왠지 익숙한 얼굴이었지만 지금은 엄마를 찾는 게 시급했다.

시간이 멈춘 눈동자

"많이 변했네, 여기."

고속도로에서 도심의 도로로 들어선 진우가 고개를 빼고 길쭉하게 늘어선 빌딩들을 바라봤다.

"쭉 가다가 화인병원 사거리 나오면 우회전해서 들어가."

엄마가 조수석에서 말했다.

우회전을 한 뒤 5분쯤 달리자 완전히 다른 풍경이 나타났다.

"저리로 들어가."

엄마가 큰 표지판을 손가락으로 가리켰다.

'천심 요양소'.

매달 고지서를 받으며 병원비만 내고 있을 뿐 실제로 와본 적은 별로 없었다. 아니, 어릴 적 엄마 손에 이끌려 몇 번 와본 게 전부였다.

차가 구불거리는 좁다란 길을 천천히 올라 철문 앞에 섰다.

"어떻게 오셨어요?"

초소 위에 달린 스피커에서 남자 목소리가 흘러나오자 엄마가 차에서 내려 초소 앞까지 걸어갔다.

"안녕하세요."

"어? 난 또 누구신가 했네."

그가 창문으로 고개를 내밀어 엄마를 아는 척했다.

"우리 아들 차 타고 왔어요, 오늘은."

경비원이 초소에서 나왔다.

"누가 형제 아니랄까 봐 닮았네요."

창문을 내리고 있는 진우의 얼굴을 대충 뜯어본 그가 말했다.

어릴 적부터 진우와 진석이 형제라고 하면 아무도 믿지 않을 만큼 닮은 구석이 전혀 없었는데 경비원만의 독특한 인사 방식인 듯했다.

"어서 들어가세요. 아드님이 목 빠지게 기다리고 있겠네."

안을 가리고 있던 녹이 잔뜩 슨 철문이 양옆으로 열렸고 그 뒤에 또 다른 도로가 나타났다.

"여기가 이렇게 컸어, 원래?"

진우가 중얼대자 엄마가 무시하고 말했다.

"그대로 쭉 직진해."

50미터쯤 직진하자 우측에 낯익은 건물이 눈에 들어왔다. 건물 앞 화단에서 목놓아 세상이 떠나가라 울던 엄마의 모습은 결코 잊

을 수 없는 모습이었다.

건물 앞 주차장에 오랫동안 세워져 있는 듯한 트레일러 옆에 진우가 차를 세웠다.

"317호 유진석이 엄마예요."

차에서 서둘러 내린 엄마가 유리문 옆에 붙은 인터폰에 말했다.

"잠시만요."

인터폰에서 나온 소리였다.

철컹철컹.

방화 유리문 안쪽에 있는 잠금장치가 부딪히며 둔탁한 소리를 냈다. 엄마라는 단어는 자식이 있는 곳이라면 어디든 갈 수 있게 해 주는 만능 암호 같았다.

복도에서 또각또각 누군가 걸어오는 소리가 들렸다. 우측 꺾인 복도에서 한 여자가 나타났다.

"평일인데 어떻게 오셨어요?"

엄마를 아는 듯한 여자가 엄마를 보며 반색했다.

"으응. 갑자기 쉬는 날이 생겨서."

여자가 엄마의 등을 어루만졌다. 꽤 친한 사이 같았다.

"진석이가 아까 또 엄마만 찾던데 잘됐네요."

여자가 생글생글 웃었다.

"여기 우리 둘째, 진석이 동생."

엄마가 고개를 돌려 손가락으로 진우를 가리켰다.

"아, 동생분이 있으셨어? 근데 진석이랑 하나도 안 닮으셨는데?"

이게 눈을 달고 있는 사람의 정상적인 반응이지.

"어릴 땐 둘이 많이 닮았었어."

엄마가 왜인지 당황한 듯 보였다.

"하긴 크면서 얼굴이 달라지긴 하죠."

세 사람의 분위기에 어색한 공기가 떠다녔다.

"올라가요, 어서."

여자와 엄마가 앞서 계단으로 향했고 그 뒤를 진우가 뒤따랐다. 3층에 도착하자 정면에 휴게실처럼 보이는 소파와 자판기 옆으로 화장실과 세탁실이 눈에 들어왔다. 이곳에서 일하는 사람과 보호자들이 사용하는 곳인 듯했다. 여자는 복도 왼편으로 돌더니 슬라이딩 철창에 붙은 자물쇠에 열쇠를 꽂아 넣었다.

"근데 어머니, 진석이가 요즘 통 밥도 안 먹고 그래요. 왜 그런지 모르겠네."

"이 녀석이 입맛이 떨어졌나?"

"글쎄요."

"다음 주에 반찬 좀 챙겨올게. 정 간호사가 진석이 밥 들어갈 때 좀 같이 넣어줘. 정 간호사 것도 챙겨올 테니까."

"장조림도 있을까요, 어머니?"

여자가 고개를 꺾으며 밝게 웃어 보였다.

세 사람이 곧 317호 문 앞에 다다르자 안을 볼 수 있는 손바닥만한 창 너머로 진석이 보였다. 그는 '천심정신병원'이란 자수가 박힌 환자복을 입고 있었지만, 그 옷만 아니라면 누구도 진석이 정신 이상자라는 사실을 모를 것 같았다.

"진석아, 엄마 왔어."

16년 전만 해도 쉽게 들어서질 못했던 문을 엄만 너무도 쉽게 들어섰다. 그때나 지금이나 형은 입을 벌리고 창살 사이를 비집고 들어오는 햇살을 받아먹고 있었다.

"아이고, 이 침 봐라. 입을 닫아야 침이 안 떨어지지, 욘석아."

형의 입술 양 끝으로 침 자국이 말라 있었다. 산은 아빠와 형이 주말마다 다녔던 추억의 장소였다. 형은 그렇게 좋아하던 드넓은 산에 16년째 살고 있지만, 아이러니하게 형이 있는 곳은 그저 단단한 콘크리트 건물 세 평도 안 되는 숨 막히는 공간일 뿐이었다.

"어머니, 가실 때 아시죠?"

여자가 말했다.

"문 꼬옥 닫고 갈 테니까 걱정 마요."

엄마가 여자의 손을 잡았다.

"아 참, 진석이 목도리에서 냄새 많이 나던데."

"요놈 침 때문에 그런가 보네. 또 빨아야지 뭐."

"제가 빨고 싶어도 진석이가 어머니 말고는 목도리를 안 내주니까 어쩔 수가 없는 거 아시죠?"

여자가 엄마에게 능청맞은 미소를 던지며 나갔다.

형은 변함없이 16년 전에 두르고 있던 목도리를 사계절 내내 두르고 있다. 처음 입원 때 갖고 오지 못했던 반입 물품은 형의 발작에 도움이 될까 싶어 병원 측의 허가를 받고 엄마가 갖고 온 물건이었다.

"허구헌 날 이놈에 목도리만 하고 있으니 냄새가 안 나고 배겨."

엄마의 말을 형이 듣는지 못 듣는지 알 수 없었다. 엄마가 목도리에 손을 대자 형이 움찔하더니 엄마의 얼굴을 바라봤다.

"엄마야, 엄마."

깜빡.

형이 눈을 깜빡이자 엄마가 형의 뒷머리를 쓰다듬으며 목도리를 빼냈다. 목도리는 오랜 세월 때문인지 빨아도 지워지지 않는 듯한 얼룩이 잔뜩 묻어 있었다. 목도리 말고도 형이 쓰던 핸드폰과 엄마에게 고등학교 입학 선물로 받은 파란색 만년필도 들고 왔었지만, 형은 그날부터 목도리에만 강한 애착을 보였다.

"진우야, 엄마 빨래방 좀 다녀올 테니까 형 잘 보고 있어."

진우와 진석, 두 사람만 한 공간에 있던 게 언젠지 생각나지 않을 만큼 정말 오랜만이었다. 아빠가 돌아가시기 전까지만 해도 형은 진우에게 또 다른 아빠나 다름없었다.

"무슨 생각을 하는 거야, 대체."

형의 시선은 다시 창밖이었다. 저 산을 보면서 형은 아빠와의 추

억을 떠올리고 있는 걸까? 자기 때문에 아빠가 돌아가신 걸 잊으려고 형은 미쳐버린 걸까? 진우도 형을 따라 창밖으로 시선을 돌려봤다.

그곳엔 끝도 없이 펼쳐진 빼곡한 나무가 가득했다.

형의 눈 속엔 무언가 담겨 있었다. 그게 뭘지 진우는 너무도 궁금했다. 진우가 찾고 있는 답을 형은 왠지 알 것 같았다.

빈자리의 무게

오늘이 세준이 보내는 장례식장에서의 마지막 밤이었다. 이제 엄마는 화장터로 또 한 번의 이사를 끝으로 **현생에서의 이사**를 마치게 된다. 비로소 육신의 몸에서 자유를 찾고 이 세상의 흔적인 유골만을 남긴 채 어딘가로 가게 되는 것이다.

"네, 이모."

세준이 엎어놓은 핸드폰을 들었다.

"엄마 잘 모시고 있지?"

"…."

순간 어떤 게 엄마를 잘 모시는 걸까? 하는 생각이 들었다.

"밥은?"

"대충 먹었어요."

"이모도 엄마 가는 길 외롭지 않게 마중하고 있으니까 걱정 마."

세준은 이모가 믿는 그 신을 온전히 믿을 수 없었다. 이모는 어

제 새벽 잠깐 이곳에 들러 엄마의 영정사진을 보며 뭔가를 중얼댔지만, 정말 이모가 엄마와 대화를 나눴는지는 알 수 없었다.

"밥 잘 챙겨 먹고 장례 끝나면 이모한테 들러."

세준이 전화를 끊고 세아를 바라봤다. 눈물 자국이 말라 이미 얼굴에 많은 길이 그려져 있었다.

근데 누가 찾아온다는 걸까?

엄마가 돌아가신 그날, 이모는 병원 앞에서 세준에게 말했었다. 엄마를 찾는 누군가가 언제라도 나타나면 꼭 자기한테 보내라고. 의문투성이의 말이었지만 일단 알았다고 답을 했었다.

혹시?

말도 안 된다. 근데 또 상황이 말이 될 수도 있다. 세상엔 우연을 가장한 필연이 얼마나 많은가?

안 그래도 정리되지 않는 일들 때문에 두통이 몰려왔다.

지금은 이런 걸 생각할 때가 아니야. 올 사람이라면 누구라도 오겠지.

세준이 머리를 내저었다. 항상 부의함 근처를 맴돌던 작은 아빠는 어딜 갔는지 온데간데없었다. 상관없었다. 어차피 장례가 끝나면 평생 볼 일이 없는 사람이니까.

"미처 연락을 못 드려서 죄송합니다. 전 세아 오빤데 지금 어머니 상중입니다."

세아의 핸드폰을 아까부터 울려댄 편의점 사장의 전화를 받은 세준이 의연한 척 말했다.

"삼일장 끝나고는 바로 나올 수 있는 거죠?"

"네?"

상중이라는 말을 못 들은 걸까 하는 생각이 들었다.

"요즘 알바 자리 구하기도 힘든데 상중이라니까 3일은 내가 어떻게든 혼자 버텨보겠지만 그 이상은 안 돼요."

뭐라고 대답을 해야 할까.

"알바 하겠다는 애들도 많은데 상중이라니⋯."

"그냥 새로 구하세요."

세준이 말을 끊어내며 냉랭하게 말했다.

"지금 일손 딸리는데 그렇게 그만두면 어떡합니까?"

뚝. 더는 듣고 싶지 않은 목소리였다.

세아와 둘만 살아갈 세상이 냉혹하단 걸 다시금 깨달았다.

"일하는 데가 있었으면 미리 연락했어야지, 이놈아."

언제 돌아왔는지 부의함 앞에 앉은 작은 아빠가 말했다. 세준은 대꾸할 힘도 남아 있지 않았다.

"하⋯."

한숨이 절로 났다. 설령 작은 아빠의 말이 맞더라도 감정을 무시한 옳음은 결코 옳음이 될 수 없었다.

그렇게 생각하는 사람이 대체 왜 10년 만에 나타난 거예요?

목구멍까지 올라온 소리가 입 밖으로 나오지 않았다.

세상엔 자기가 살아온 삶이 정답이라고 말하는, 판에 박힌 교만한 어른이 깔리고 깔려 있었다.

그래, 그들은 옳다.

그들 삶에 한해서만.

"이제 입관 준비하셔야 합니다."

장례지도사가 세준에게 다가와 조용히 말했다. 시간이 자정을 향해 갔다.

장례지도사를 따라 긴 복도를 세준과 세아, 작은 아빠 내외가 걸었다. 문을 열고 들어간 방 안에 유리 벽 건너편에 엄마가 있었다. 천으로 덮어놓아 보이지 않았지만, 분명 천 뒤에 엄마가 있음을 느낄 수 있었다.

"엄마! 아아아악!"

세아가 유리벽을 두드리며 절규했다. 유리벽이 산 자와 죽은 자의 경계를 짓고 있었지만 그건 중요치 않았다. 유리 벽 안에서 염사 두 사람이 시신에 가려져 있던 천을 걷어내자 살아있을 땐 한 번도 보지 못했던, 진한 화장을 한 엄마의 모습이 나타났다.

"엄마! 엄마!! 엄마!!!"

세아가 유리를 깨부술 듯 손바닥으로 거칠게 두드렸다. 세아의 오열이, 저승을 향한 절규가 다른 빈소까지 전해질만큼 간절하고

애달팠다.

'엄마가 없을 땐 세준이가 세아 보호자야.'

엄마의 말이 떠올랐다.

그래, 세아에게 약한 모습을 보여선 안 돼.

세준에게 세아는 이 세상에서 지켜야 할 유일한 존재였다. 하지만 다짐을 아무리 해도 눈앞에 차오르는 눈물을 멈출 수가 없었다.

"안으로 들어가셔서 어머니 마지막 가시는 길 배웅해주세요."

장례지도사가 유리 벽 안으로 통하는 문을 열자 세아가 뛰어 들어갔다.

"나 두고 가지 마, 엄마! 제발!"

세아가 이미 굳어버린 엄마의 손을 잡고 울며불며 매달렸다.

그 순간만큼은 누구도 세아와 엄마를 둘러싼 장막을 깨려 하지 않았다.

얼마나 지났을까.

"이러시면 어머니 발길만 무거워지십니다."

장례지도사가 세아의 어깨를 붙잡았다. 하지만 세아는 떨어질 기미조차 없었다. 지도사가 세준을 바라보며 도움의 눈길을 던졌다. 세준이 눈물에 가려 잘 보이지 않는 세아의 두 손을 엄마에게서 힘겹게 떼어냈다.

"입관하겠습니다."

하얀 마스크를 낀 염사 두 사람이 엄마의 등 밑에 깔린 노란색

천 양 끝을 잡더니 엄마를 관 속에 재빨리 모셨다. 관이 작게 느껴질 만큼 엄마의 몸이 그곳을 꽉 채웠다.

"…나무아미타불."

장례지도사가 고개를 숙이고 염불을 읊기 시작하자 염사 두 사람도 손을 모아 함께 묵념했다.

"엄마!"

염불을 신호 삼아 세아가 관속에 들어가려는 듯 엄마의 얼굴에 자신의 얼굴을 비비자 엄마의 화장이 다 번져나갔다. 엄마의 피부와 닿을 수 있는 마지막 순간임을 안 세준도 엄마의 오른손을 살포시 두 손으로 꼭 쥐었다.

마음속으로 세준은 빌었다.

진짜 신이 있다면….

다음 생엔 꼭 엄마 뱃속에서 삶을 시작하게 해달라고.

엄마의 고백

'내일 새벽부터 모레까지 늦가을의 비가 중부지방에 내릴 것으로 예상됩니다. 출근길에 우산….'

진우가 차에 시동을 걸자 라디오가 흘러나왔다. 볼륨을 줄이고 구불거리는 산길을 빠져나왔다. 생기라곤 전혀 없던 정신병원과 달리 도로 위의 매연들에서 희한하게 생기가 느껴졌다.

"엄마, 혹시 기억나?"

엄마의 귀가 쫑긋했다.

"할머니랑 잠깐 같이 살 때 있었잖아. 나 중학생 땐가."

"갑자기 그때 얘긴 왜?"

엄마가 퉁명스럽게 받아쳤다.

"엄마가 형 아기 데리고 집에 왔을 때 있잖아, 누나랑."

순간 엄마의 표정이 변했다.

엄마는 무방비 상태에서 훅을 맞은 듯 황급히 고개를 돌렸다.

"정확하진 않은데 그랬던 거 같아서 물어보는 거야."

"그게 기억나?"

엄마가 창가에 시선을 둔 채 말했다.

"기억나는 건 아니고…, 최근에 기억을 찾았다랄까."

최면에서 본 기억이었지만 엄마에게 확인받고 싶었다.

"그러고 보면 참 이상해. 그 호빵누나 이름도 기억 안 나고…."

진우가 앞을 보며 잠시 말을 끊었다가 이었다.

"맨날 밤늦게까지 회사에 있던 아빠가 하필이면 그날 왜 형을 데리러 나간 건지."

"왜긴 왜야! 엄마가 말했잖아. 독서실 갔다 오던 네 형 데리러 갔던 거라고."

엄마가 버럭 언성을 높였다.

"그러니까 왜 하필 그날은 회사에 안 계셨냐고."

엄마의 침묵은 더는 대화를 원하지 않는다는 의미였다. 엄만 어릴 때부터 유독 진우에게 입을 열지 않았었다. 기질이 기질인지라 진우도 지지 않고 어릴 때처럼 입을 다물었다.

차 안을 떠다니는 무거운 공기가 서로의 마음을 대변했다. 답답함에 창문을 열려고 버튼에 손을 갖다 댈 때였다.

끼익!

진우의 차가 급정거하며 바닥에 타이어 자국을 냈다.

"엄마 괜찮아?"

엄마가 팽팽해진 벨트의 장력 때문인지 약간의 충격을 받은 듯했다. 차 앞에는 노인이 사과도 없이 리어카를 끌고 도로를 가로지르고 있었다.

"아이, 뭐야, 진짜."

진우가 노인을 노려봤다. 리어카가 가로등 옆에 쌓인 대량의 박스더미로 향했다. 박스더미가 도로를 가로지를 만큼 목숨보다 귀한 걸까? 하긴 노인에겐 밥줄을 잇지 못해 죽던 차에 치여 죽던 매한가지일 수도 있었다.

"옆 좀 보고 다니시지, 휴."

진우가 액셀러레이터에 다시 발을 올리며 말했다.

"엄마는 니가 빨리 결혼하면 더 바랄 거 없어."

고속도로에 들어선 차 안에서 한참 만에 엄마가 입을 열었다.

"나도 노력 중이야."

"무슨 노력?"

"그래서 옛날 얘기한 거야. 요즘 그것 때문에 머리가 좀 아파서."

진우가 하려던 말을 끊자 엄마의 눈빛이 변했다.

"옛날 기억이 나다가 안 나다가 그래. 그래서 엄마한테 물어본 거고."

"근데 갑자기 옛날 기억을 왜?"

진우가 운전대를 잡은 손을 꼼지락댔다.

"그래야 내가 엄마가 원하는 결혼을 할 수 있으니까."

몇 단계를 뛰어넘은 답이었다. 엄마가 그 의미를 알아챘는지 눈을 감고 한숨을 내쉬었다.

"니 결혼에 형이 방해되는 거면 연 끊어. 엄마 그런 거로 서운 안 해."

엄마가 몇 분 만에 눈을 뜨며 말했다. 그렇게나 원망하던 형이었지만 그러지 않으려 노력했다. 근데 엄마가 그 속에 불을 또 붙였다.

"누가 그런 것 때문에 그래? 엄마도 좀 엄마 인생을 살아. 맨날 형 생각만 하지 말고!"

"…그건 엄마가 감당해야 할 몫이야. 넌 니 인생 살어!"

도대체가 이어질 수 없는 대화였다. 이번엔 진우가 먼저 입을 다물었다. 자동차는 어느새 고속도로를 빠져나와 엄마의 집에 가까워졌다.

언제부터였을까, 엄마와의 관계가 헛돈다는 느낌이.

"저기 세워."

엄마가 건널목을 가리켰다.

"집에 안 가?"

"장 보고 들어갈 거야."

진우는 눈앞에 보이는 마트 쪽 건널목에 차를 세웠다.

"조심해 가."

엄마가 내리자 진우는 핸들에 고개를 묻었다.

"엄마 뭐해?"

문 닫히는 소리가 나지 않자 얼굴을 들고 진우가 말했다.

차 문을 열고 서 있는 엄마가 몸을 살짝 숙여 진우와 눈높이를 맞추었다.

"진애다."

"어?"

"진애라고."

"뭐가?"

"그날 우리 집에 왔던 애, 호빵 이름."

순간 온몸의 털들이 바짝 섰다.

"정진애."

엄마가 문을 닫고 보도블록 위로 올라 인도를 빠르게 걸었다. 진우의 눈동자는 이미 머릿속에 잠자던 기억을 떠올리고 있었다.

대체 왜 잊고 살았을까?

왜 기억하지 못했지?

며칠 전 학원에 찾아왔던 그 애가 얘기했던 이름이 뇌리를 스쳤다.

'정 진자 애자 쓰세요.'

떠나야만 얻어지는 것

"한 실장님!"

사무실로 들어온 진우가 숨을 헐떡이며 양쪽 무릎을 잡았다.

"무슨 일 있으세요? 실장님 외근 나가셨는데…."

파쇄기 앞에 있던 오 대리가 놀라 물었다.

"그때 왔던 나 찾던 남자 있죠?"

진우가 숨도 쉬지 않고 말했다.

"누구요?"

"헬멧 쓰고 왔던 남자 있었잖아요."

진우가 숨을 골랐다.

"전 잘…."

"한 실장 어디로 외근 갔어요?"

"그것도…."

"아휴."

진우가 주머니에서 핸드폰을 꺼내 한 실장에게 전화를 걸었다. 하루에도 수십 번 진우의 핸드폰을 울리던 한 실장은 같은 기분을 느껴보라는 듯 전화를 받지 않았다.

"박한솔 인턴 어딨어요?"

진우의 눈이 반짝였다.

"복사기 용지 좀 사 오라고 시켰어요."

진우가 다시 무릎을 잡고 한숨을 뱉어냈다.

"뭐 때문에 그러시는지?"

오 대리가 조심스레 물었다.

"내 스케줄 표 어딨죠?"

오 대리가 재빨리 움직였다.

"이게 팀장님께 오는 연락이나 기본적인 스케줄 다 적어서 모아놓은 거예요."

그녀가 인턴의 자리로 가서 종이 뭉치를 진우에게 건넸다.

잡지사 인터뷰, 광고 촬영 시안, 케이블 방송 녹화 예정 시간, 학생들이 보낸 쪽지, 학부형들에게 오는 개인적인 초대 등등. 종이 뭉치를 아무리 넘겨보아도 진우가 찾는 건 없었다.

"되는 일이 없네, 정말."

진우가 종이뭉치를 책상에 탁하고 내려놓았다.

짤랑짤랑.

요란한 현관문 종소리에 그쪽을 봤다. 진우가 찾던 인턴이었다.

"한솔 씨, 며칠 전에 그 남자 기억하죠?"

다급하게 물었다.

"네?"

진우가 갑작스레 얼굴을 들이밀자 인턴이 눈을 끔뻑였다.

"점심 때쯤 헬멧 쓰고 왔던 남자 있었잖아요."

"아! 기억하죠."

인턴이 검지를 얼굴 앞에 올리며 말했다.

"그때 그 남자한테 쪽지 안 받아났어요?"

"받아났죠."

진우의 눈빛이 한껏 기대에 찼다.

"그날 저녁에 실장님께 팀장님 스케줄 표랑 같이 드렸는데요."

진우가 바로 한 실장의 자리로 향했다. 책상 위에 있는 종이란 종이는 손바닥으로 흩트리며 보았지만 쪽지는 없었다. 진우는 아무리 생각해도 한 실장에게 쪽지 같은 걸 받은 기억이 없었다.

한 실장이라면 묻지도 않고 쪽지를 버렸을 가능성이 컸다.

망연자실한 진우에게 관심을 두는 사람은 없었다. 직원들 모두 제 할 일을 하기 바쁠 뿐 쳐다보지도 않았다.

뭐 하나 제대로 되는 게 없구나.

"팀장님."

축 처진 진우의 뒷모습에 대고 비품 창고를 나온 인턴이 말했다.

"근데 그때 그 남자분 여동생이 저희 학원에 다닌다고 했어요."

그게 뭐 어쨌다는 거야?

머릿속이 잠시 혼란스러웠지만 수 초 만에 인턴의 말이 제자리를 잡았다.

"그 동생이란 애 이름 알아요?"

"엇, 그건 모르죠."

빌어먹을!

진우는 뭔가 생각났는지 빠른 걸음으로 자신의 방으로 들어가 내선 번호를 확인했다.

"홍보팀장 유진우입니다."

젊은 여자가 진우의 인사에 바로 화답했다.

"네, 팀장님."

대외적인 업무를 도맡고 있는 진우를 모를 리 없었다.

"우리 학원 학생들 신상에 학부형도 같이 등록돼 있죠?"

확신에 찬 음성이었다.

"보통은 학부형이랑 형제, 자매까지 다 기재되어 있죠."

"지금 학부형 이름으로 검색 하나만 해주시겠습니까?"

"아, 무슨 일 때문에 그러시는지?"

순순히 알려줄 것처럼 답하던 직원이 진우에게 절차를 들이댔다.

"며칠 전에 절 찾아온 사람을 좀 찾고 있어서요."

"죄송하지만 이런 일은 정식으로 요청하셔야 합니다…"

"제가 오늘 안으로 요청서는 발송하겠습니다. 급한 일입니다. 부탁드립니다."

진우가 단호하고 정중한 어조로 말했다. 수화기 너머에서 고민하는 직원의 기운이 느껴졌다.

"만일 문제가 생긴다면 제가 모두 책임지겠습니다."

두 손으로 전화기를 잡으며 머리까지 숙였다.

"이름 말씀해 주세요."

"학부형 이름이 정진애입니다."

수화기 너머로 들리는 빠른 키보드 소리만큼이나 진우의 가슴도 뛰었다.

"나왔네요. 근데 동명이인이 세 분이나 계신데요."

아.

탄식이 흘러나왔다. 그래도 이 정도 성과면 충분했다. 분명 가능성이 보였다.

"등록된 학생 중에 여학생이 있나요?"

"한 분은 고1 남학생, 두 분 자녀가 여학생인데 중3이고 중2네요."

진우가 빠르게 머리를 굴려봤다. 하지만 그 여동생이라는 아이의 나이를 가늠하기엔 정보가 너무 부족했다.

"두 분 다 연락처 좀 불러주시겠습니까?"

직접 부딪히는 게 빠를 것 같았다.

"잠시만요."

직원이 곧 진우에게 첫 번째 연락처를 불러주었고 두 번째 연락처를 불러주다가 뭘 봤는지 도중에 말을 멈췄다.

"왜 그러시죠?"

"혹시 찾으시는 분이….."

상대가 우물쭈물 갈피를 못 잡고 흐름을 연장했다.

"…아마 두 번째 분은 연락이 안 될 거예요."

진우는 어리둥절해 그게 무슨 말이냐고 물었다.

"엊그제인가 이분 아드님한테 전화가 왔어요. 동생이 당분간 학원에 못 나온다고."

"왜죠?"

"한세아라는 학생인데, 정진애 씨 딸이에요."

"그니까 왜 학원에 못 나온다는 거죠?"

"어…."

직원의 말투가 좀 전보다 훨씬 조심스러웠다.

"한세아 학생, 어머님이 돌아가셨대요."

전원코드를 뽑아버린 듯 머릿속 모든 회로가 멈춰버렸다.

이별 뒤의 만남

숫자에만 집착하는 사람에겐,

본질은 정체를 드러내지 않는다.

<B05호 故 정진애.

저희를 믿고 편안히 모시세요. - 신천상조>

대형 스크린에 화면이 바뀌며 반복됐다.

인간의 죽음이 또 다른 돈벌이 수단인 걸 보면 자본은 결코 인간과 떼어낼 수 없는 악연일지도 몰랐다.

이름을 확인한 진우가 B05호를 찾으며 복도를 걸었다. 입구 앞에 놓인 많은 화환 때문에 호수를 잘 확인할 수 없었지만 가야 할 곳은 단번에 알 수 있었다.

화환 하나 없는 듯한 누나의 마지막 길에 가슴이 먹먹했다. 자신을 그렇게도 보살펴 주던 사람이었는데….

'에듀팜 대표원장, 삼가 고인의 명복을 빕니다.'

가까이 다가가니 화환 하나가 눈에 들어왔다.

학원에서 왜 이런걸?

진우가 의아한 눈으로 입구로 들어섰다. 상복을 입은 앳된 여자 아이가 앉은 채 진우를 올려봤다.

이 아이가 설마?

최면에서 봤던 그 아이가 아닐까 하는 생각이 들었다.

아이의 통통 부은 눈두덩이 안의 눈동자가 진우를 보고 튀어나 올 것 같았다. 아이에게 짧게 고개를 숙인 뒤 빈소 안으로 들어섰 다.

고개를 들어 영정사진을 보자 온몸의 털들이 쭈뼛 섰다.

희미했던 누나의 얼굴이 16년 전 모습으로 진우를 보고 있었다.

"또 넘어졌어?"

"누가 넘어지려고 해서 넘어지냐?"

허구한 날 넘어져 무릎이며 손바닥이 다 까져오는 진우가 매일 같이 듣는 잔소리였다.

"들어와, 빨리!"

진우가 누나의 집으로 들어가 소파 가장자리에 드러누웠다.

"밴드가 어딨더라?"

누나가 약상자를 뒤졌다.

"어? 누나 근데 향초 꺼지려고 하는데?"

진우가 거실 장 옆을 바라보며 말했다.

"그러네. 아이, 나 지금 세탁소 가야 하는데…."

누나가 장에서 새 향초를 꺼내 불을 붙였다.

"근데 그거 왜 맨날 해?"

"좋잖아. 안정도 되고."

"피잇, 무슨."

진우가 빈정댔다.

"밴드가 없네. 다 썼나 봐."

누나가 뒤졌던 약통을 다시 살폈다.

"집에 가서 아줌마한테 좀 붙여달라고 하면 안 돼?"

"싫어. 누나가 붙여줘."

"없는 걸 어떻게 붙여줘."

"안 붙여도 돼, 그럼."

"너 또 아줌마한테 혼날까 봐 그러지? 낼모레 고등학교 갈 애가 허구한 날 넘어지니까 그러시는 거 아냐."

진우가 말없이 티브이 리모컨을 들었다.

"밴드 사 올 테니까 티브이 보고 있어, 그럼."

누나가 눈을 흘기며 일어섰다. 곧 현관문을 닫고 계단 내려가는 소리가 들렸다. 누나의 부모님은 세탁소를 하셨고 언니는 공부를 얼마나 좋아하는지 독서실에서 보내는 날이 집에 붙어 있는 날보다 훨씬 많았다. 자연스럽게 집은 진우의 독차지였다. 불청객일 수도 있는 진우에게 아저씨 아줌마는 주말마다 밥을 챙겨줬고 누나의 가족들은 그를 진짜 가족처럼 대해줬다.

　진우는 집에 가기 싫은 이유가 있었다. 엄마는 항상 다쳐오는 진우를 보고 왜 그렇게 돈 들어갈 일만 만드는 거냐며 핀잔을 주었었다. 언젠가 한 번은 발목이 접질렸을 때 병원에서 깁스한 진우를 보고 눈길도 주지 않고 병원비만 계산하고 떠난 적도 있었다.

　"누구시죠?"

　진우의 등 뒤에서 나이가 좀 들어 보이는 남자가 말했다.

　"어…."

　벌겋게 달아오른 그의 얼굴에서 술 냄새가 풍겨왔다.

　"어릴 적 친구입니다."

　"친구요?"

　그가 이해되지 않는다는 표정으로 고개를 갸웃거렸다.

　"야, 니 엄마도 친구가 있었냐?"

　남자가 세아에게 말했다. 세아는 답하지 않고 진우 얼굴만 뚫어지게 바라봤다.

　"네가…, 누나 딸이니?"

　진우가 서 있는 세아에게 물었다.

　"엄마가 전에 쌤이랑 친구라고 하셨는데…."

　세아가 힘없이 말끝을 흐렸다.

　"응?"

"진짜인 줄 몰랐어요."

"아, 엄마가 말씀하셨어?"

"네, 티브이에 나온 쌤 보면서."

누나는 날 기억하고 있었는데 대체 난 왜….

"전 애들 작은 아빠입니다."

빈소 안 식당에 자리 잡은 세 사람 중 얼굴이 벌건 남자가 먼저 입을 열었다.

달리 할 말이 없는 진우가 고개를 끄덕이다가 세아를 바라봤다.

"오빤 어디 갔니?"

"그래, 니 오빠 어디 갔냐? 아까부터 안 보이던데."

작은 아빠가 진우의 말을 받았다.

"아까 여기 계신 아저씨가 불러서 같이 나갔어요."

"어떤 아저씨?"

"그 안경 낀 아저씨요."

"아, 장례지도사?"

세아가 고개를 끄덕였다.

"근데 아까 이 녀석이 쌤이라고 말하는 거 같던데."

작은 아빠가 진우와 세아를 번갈아 보며 짐작을 던졌다.

"세아가 다니고 있는 학원에서 일하고 있습니다."

"거참, 신기한 인연이네. 형수 친구면서 이놈이 다니는 학원 선생님이라. 어? 그럼 어제 화환 들고 온 분이랑 같은 학원이시네?"

작은 아빠가 세아를 바라보며 동의를 구했다.

"어제 저희 학원에서 누가 왔습니까?"

"학원 원장이라는 분이요."

순간 진우의 미간이 찌푸려졌다. 학원생에게 화환을 보낼 순 있어도 원장이 직접 찾는 일은 분명 드문 일이었다. 이건 자신의 뒷조사를 하고 있다는 확실한 증거였다.

"직접 오셨습니까?"

"아, 그럼요. 와서 장례비도 지원해주신다고 했는데요."

"장례비를요?"

"근데 뭐 연락이 없으시네."

작은 아빠가 이에 낀 뭔가를 빼내려 찍찍거렸다.

마음속에서 작은 불씨가 일었다. 이렇게까지 해야 하는 이유가 무엇일까? 지하의 탁한 공기 때문인지 숨이 막혀왔다. 이제 원장의 원자만 들어도 세포들이 즉각적인 거부반응을 일으켰다.

"도와주실 거면 빨리 좀 도와주지. 내가 애들 돈 떼먹을까 봐 그런가, 나 원 참."

원장에게 불만을 가진 게 역력한 말투였다.

'솔직히 자네를 뭘 안다고 우리 딸을 맡기겠나? 난 지금부터 1년 간 자네의 모든 걸 알아볼 생각이네.'

1년 전, 원장의 말이 떠올랐다.

숨쉬기가 버거웠다. 폐부 깊숙이 쌓인 원장에 대한 분노를 바깥 바람과 맞바꾸고 싶었다.

"원장님께 말 좀 전해주세요. 돈 안 떼먹는다고."

"예?"

생각에 잠긴 진우에게 작은 아빠가 여과 없이 떠오르는 대로 뱉어냈다.

"돈도 많으신 분이 쓸 때 제대로 쓰셔야지, 꼴랑 장례비 몇 푼 대준다고 티 안 나잖아요. 안 그래요?"

거머리 같은 인간 같으니라고.

진우가 경멸 섞인 눈으로 지옥 불구덩이처럼 빨갛게 달아오른 작은 아빠의 얼굴을 바라봤다. 이 인간은 이미 현실이라는 지옥 불에 살고 있는지도 몰랐다.

"사람 하나 죽으면 장례비 말고도 돈이 수두룩하게 드는 건 알고 계시죠?"

작은 아빠가 입을 열면 열수록 세아의 얼굴이 가슴으로 파묻혔다.

지이이잉.

"또 찾아뵙겠습니다, 바쁜 일 때문에 빨리 가 봐야 해서."

진우가 핸드폰을 꺼내 보이며 화면을 보지도 않고 일어섰다.

"아니, 아직 얘기도 안 끝났는데 그냥 가시면 어떡해요?"

"세아야, 엄마 잘 모셔."

진우가 함께 일어선 세아의 어깨를 짚었다.

"죄송해요, 선생님."

저런 인간한테 이 아이만 놔두고 가도 괜찮을까?

"눈이 엄마를 참 많이 닮았구나."

진우가 안쪽 주머니에서 명함을 꺼내 내밀었다.

"선생님이 도울 일 있으면 언제든지 연락해."

"…네."

진우는 무거운 발걸음을 떼어내며 걸음을 재촉했다. 엘리베이터를 기다릴 새도 없이 비상구 계단을 두 칸씩 올랐다.

바깥 공기를 끝도 없이 폐부 깊숙한 곳으로 밀어넣자 그의 표정이 한결 밝아졌다.

부재중 1통 김우태.

손에 쥐고 있던 핸드폰 화면을 바라봤다.

진우에겐 친구라고 여길 수 있는 단 한 명의 존재였다.

3장

결자
해지

인생은 언제나 '우리가 원하는 것'을 가져다준다.
그것이 성취든 포기든 전혀 상관하지 않은 채.

선택의 대가

"진우야, 이게 얼마 만이냐."

주야장천 술만 퍼마시던 젊은 날 아지트처럼 드나들던 술집 문을 열고 진우가 들어섰다.

"잘 지냈니?"

머리가 반쯤 벗겨진 술집 주인이 그를 반겼다.

"잘 나가는 유진우 얼굴 한 번 보기 힘드네."

눈앞에 보이는 테이블에서 우태가 빈정댔다.

"진우 요새 티브이에도 나온다며?"

주인이 말했다.

"아녜요, 형님. 그냥 학원 광고 몇 번 찍은 거예요."

진우가 멋쩍어했다.

젊은 날, 가수가 꿈이었던 형님은 하루살이처럼 라이브카페만 전전하며 노래를 불렀었다. 그중 한 군데 사장이 급하게 이민을 가는 바람에 싼 가격에 카페를 인수할 수 있었고 대출 때문에 밤낮없이 카페에 매달렸었다. 그렇게 6, 7년이 훌쩍 지났을 무렵 카페 대출금을 모두 청산할 수 있었지만, 형님은 진짜 꿈이라던 가수의 길에서 이탈하고 말았다.

"유명해졌다고 친구 전화도 잘 안 받냐?"

우태의 너스레에 진우가 미소를 보였다.

"시원하게 한잔해라."

우태가 진우의 맥주잔을 채웠다.

"너 근데 우리 고모부한테는 잘 다니고 있냐?"

맥주를 마시다 헛기침이 튀어나왔다.

"요새 바빠서 못 갔지."

"울 아부지가 전화하셔서 니 걱정을 다 하시더라."

"아저씨가?"

"그래, 임마."

기억교정에 관해서 얘기하는 편이 좋을까?

진우가 망설이다 맥주를 마저 털어 넣었다.

"그나저나 둘이 술 마시는 게 얼마 만이냐."

형님이 다가와 우태 옆에 앉았다.

"아니, 형님 돈 벌어 뭐해요. 모발 관리를 해야 장가를 가죠."

우태가 형님의 벗겨진 머리를 보며 말했다.

"얌마. 장사하다 보면 그런 거 신경 쓸 새가 없어."

"그러다 동남아 애들이랑 결혼해요!"

우태가 혼자 웃었다.

"그나저나 니들 본 게 엊그제 같은데 벌써 세월이 이렇게 흘렀냐."

형님이 찰나의 정색을 풀고 말했다.

"그럴 때가 있었죠. 요즘은 저희 둘 다 바빠서 전화 통화도 잘 못해요."

우태가 맥주잔을 들며 말했다.

"옛날엔 나도 장밋빛 미래일 줄만 알았던 내 인생이 지하에 처박혀서 술이나 팔고 있을 줄 누가 알았겠냐."

꿈을 간직했던 소년의 아쉬움일까.

"그래도 형님네는 장사 잘되시잖아요. 요즘 불경기라 우리 가맹점들 다 죽겠다고 난리예요."

"장사야 장사고. 내 언젠가 노래로 대한민국을 평정할지도 모르니까 사인들 미리 받아 놔라."

형님의 장난 섞인 진담이었다.

"여기요!"

"부족한 거 있음 갖다 먹어라."

그가 일어서며 다른 테이블로 향했다.

형님은 그때나 지금이나 현재를 살지 못했다. 이미 지나간 타이밍 버스를 무슨 재주로 되돌릴 수 있을까. 혹시 형님에게 지나간 버스가 유턴해 돌아올지도 모르지만 분명한 건 입만 나불대는 사람에게 버스가 문을 열어줄 리는 없다는 사실이었다.

"근데 너 진짜 괜찮은 거야? 오늘은 또 어떻게 자려고?"

"이놈 힘 빌려서 자야지, 뭐."

테이블 위엔 어느새 두 사람이 마신 소주병과 맥주병이 늘어나 있었다.

"그러니까 고모부한테 잘 좀 가지, 왜 안 가고 그래."

"우태야."

우태가 벌게진 얼굴로 진우를 바라봤다.

"네 고모부라서 내가 말 안 하려고 했는데 솔직히 거기 다니면서 나아진 게 하나 없어. 오히려 이젠 매일 악몽까지 꾼다, 임마."

우태가 풀려가는 눈을 부여잡으며 집중했다.

"그래서 말이야, 치료해줄 수 있는 다른 데를 찾았어."

"어디 병원인데?"

"병원은 아니고⋯."

진우가 건물 1층에 붙은 간판을 떠올렸다.

"센터야."

"센터? 수면 센터?"

"아니, 기억교정⋯."

"뭐? 기, 뭐?"

우태가 말을 자르며 오른쪽 귀를 내밀었다.

"기억교정센터."

우태가 비웃었다.

"야, 그런 데도 있냐? 거기 사기 집단 아냐?"

괜한 말을 꺼낸 듯했다.

"아, 뭐 아무튼 그래."

진우가 얼버무렸다.

"아휴, 엄한 데 다니지 말고 고모부한테나 가라니까."

진우가 혼자 소주잔을 채웠다.

띠리링.

술집 현관문에서 종소리가 울렸다. 누군가 두 사람을 향해 걸어왔다.

"오랜만이구나."

진우가 테이블 옆에 서 있는 사람을 올려다봤다.

왕 아저씨였다.

옛날 아빠가 사업을 꾸려가던 시절, 왕 아저씨는 아빠의 비서 역할까지 도맡으며 진우의 집에도 자주 들락거리던 사람이었다. 사실 엄마보다도 믿고 따랐던 가족 같은 존재였다.

"잘 지냈니?"

그의 말에 진우가 고개를 숙이며 코웃음을 쳤다.

아빠의 비극 뒤에 남은 건, 그의 외면이었다. 회사의 새로운 사장이 된 우태 아버지에게 바로 빌붙어 벌어 먹고사는 은혜도 모르는 파렴치한 인간이었다.

"여기 있다."

왕 아저씨가 우태에게 밀봉된 봉투를 건넸다.

"고치라고 한 건 다 하셨어요?"

"점주와 협의해야 할 사항은 아무래도 놔두는 게 좋을 거 같아서…."

"아저씨! 제 말이 우스워요?"

순간 왕 아저씨의 눈이 갈 곳을 잃었다.

"내가 그냥 다 도장 찍어 오랬잖아요! 걔들은 그냥 설득하면 된다니까요? 아, 놔두세요. 내가 할 테니까."

우태가 허공에 벌레를 쫓듯 손을 흩날렸다.

"아 비키세요."

맥주잔을 다 비운 우태가 팔꿈치로 아저씨를 밀어내며 화장실로 향했다.

"사모님은 커피숍 오픈하셨다더니, 어떻게, 잘 계시니?"

그가 숨을 한번 깊게 들이켰다가 내쉰 뒤 물었다.

"저도 자주 찾아뵐질 못해요."

말투에서 자신도 모르게 비꼬임이 흘러나왔다.

"사모님 고생 많이 하셨다. 네가 잘 돌봐드…."

"아, 네네."

진우가 말을 잘랐다. 십여 년 만에 그의 입에서 엄마 안부를 듣는 게 불편했다.

"우태랑은 자주 만나니?"

"뭐 그냥 그렇죠."

진우가 옷에 붙은 먼지를 털어내듯 그의 말을 털어냈다. 그와 말 자체를 섞고 싶지 않았다.

"사장님 간이 안 좋으셨는데 너도 좀 조심해야 하지 않겠니?"

"하…."

진우의 기분이 미간에 그대로 표출됐다.

적당히 하고 가시죠. 라는 말이 목 끝까지 올라왔지만, 소주잔을 단숨에 비워내며 그 말을 가라앉혔다.

"회사에서 우태한테 술 냄새도 자주 나던데, 우태랑은 너무 자 주 만나지 말아라."

빈정거림을 느끼지 못한 걸까? 그가 계속 말을 걸어왔다.

"저랑 마신 거 아닐 텐데요."

어릴 땐 그렇게 진우에게 조심하라고 걱정하던 아저씨가 이젠 자기 오너의 아들을 걱정하고 있는 게 아니꼬웠다.

"아, 그러니?"

진우가 그와 눈도 마주치지 않고 테이블 위 소주잔에 시선을 두 었다.

"아직 안 가셨어요?"

왕 아저씨의 등 뒤에서 우태가 나타났다.

"내일 여섯 시 차 아니에요?"

우태가 땅콩 하나를 입에 넣으며 앉았다.

"아 그렇지. 내일 다녀와서 전화하마, 그럼."

"저번처럼 또 출장 가셔서 관광 같은 거 하지 말고 업무만 보고 바로 복귀하세요."

"그래, 알았다."

왕 아저씨는 우태가 돌아오자 잔뜩 기죽은 모습으로 되돌아갔다. 한편으론 연민이 느껴지기도 했지만, 자업자득이라 생각했다.

왕 아저씨가 나가고 연거푸 소주잔을 비워냈다. 하지만 더러운 기분이 씻겨나가질 않았다.

"지누야."

우태의 혀가 꼬인 만큼 테이블 위 소주병이 수두룩했다.

"내가 우리 아부지 보면서 배운 게 있는데 마리야. 직원은 즤렁이라고 생각하면 되는 거야."

"갑자기 뭔 소리야."

진우가 벌게진 눈으로 답했다.

"즤렁이는 말야, 밟으면 꿈틀대도 기어오르지는 못해. 왜 그런 줄 아냐?"

"뭐?"

"내가 즤들 몸통을 밟고 있는데 어떻게 기어올라."

우태가 윗니를 훤히 드러냈다.

"너도 부하직원들 단속 자래라."

진우가 눈을 게슴츠레 뜨며 우태를 바라봤다.

"처자식 밥줄이 내 손에 달렸는데 감히 즤드리 어떻게 겨오르냐고. 걔들은 다 즤렁이야, 즈렁이."

우태가 고개를 떨구더니 소파에 몸을 기댔다.

지렁이? 내가 그럼 밟힌 지렁인가?

"짠!"

우태가 경련하듯 일어나 잔을 제의했다.

"그럼 밟힌 몸통 끊고 머리로 올라가면 되겠네."

진우가 술잔도 들지 않고 말했다.

"머?"

우태가 얼굴을 구겼다.

"지금껏 한 번도 본 적이 없을 거야. 밟힌 지렁이가 제 몸뚱이를 끊어내고 기어오르는 모습을 말이야."

"먼 개뼉다구 같은 소리야."

진우는 앞에 있는 소주잔을 단숨에 들이키곤 그대로 일어나 어딘가로 향했다.

지금 머릿속엔 한 가지 생각뿐이었다.

다리를 타고 기어 올라갈 생각,

목적지는 원장의 다리였다.

만나야 할 사람

　세준은 뜬눈으로 마지막 밤을 보내며 새벽 4시께 엄마의 관을 운구차에 모셔 경기도의 어느 화장터로 향했다.

　비상등을 켠 채 운구차는 한강 다리를 빠르게 달렸다. 그 뒤로 작은 아빠의 차가 세아를 태우고 뒤따랐다. 불을 밝힌 운구차 안에서 엄마가 무슨 생각을 하고 있을지 세준은 궁금했다. 이사를 수없이 다녔지만, 지금처럼 고급차에 몸을 싣고 다닌 경우는 없었다.

　'한세준이에요. 세아한테 오셨단 얘기 들었어요. 지금 엄마 모시고 화장터로 가고 있는데 다녀와서 연락드릴게요. 전해드릴 게 있어요.'

　세아에게 받은 진우의 명함을 보고 문자를 전송했다.

　한강 다리 위로 스쳐 가는 가로등 하나하나에 엄마와 아빠, 세아까지 함께했던 추억이 깃들었다. 아빠를 본 게 언제인지 얼굴조차 희미했다. 엄마와 가끔 타던 택시가 떠올랐다. 언제나 엄마는 세아와 뒷좌석에, 세준을 앞좌석에 태웠다. 앞에서 네가 잘 봐야 우리 셋이 무탈하게 살 수 있다는 말과 함께. 그럴 때마다 그게 무슨 소린지 몰랐다. 하지만 지금, 그 의미를 어렴풋하게나마 짐작할 수 있을 것 같았다.

"도착했습니다."

장례지도사의 말이 세준의 상념을 깼다. 어느새 비가 잔뜩 내리는 화장터에 운구차가 도착해 있었다.

"장례 절차에 따라 결관된 영구를 레일로 안치하도록 하겠습니다."

거세게 떨어지는 빗방울 사이로 지도사가 묵직하게 말했다.

"영구를 모실 남자 분들은 이쪽으로 와 주십시오."

장례지도사가 주변을 둘러봤다.

"저랑 작은 아빠뿐인데…."

그의 얼굴이 아차 하는 표정이었다. 세준의 품에서 아이들이 느낄 외로움에 절망이라도 하듯 엄마의 눈에서 비가 내렸다.

"최소 네 분은 계셔야 하는데…."

장례지도사가 곤란한 표정을 짓더니 다시 입을 열었다.

"잠시만요. 직원들 좀 불러오겠습니다."

그가 다시 말했다.

"뭐 그럴 거 있습니까. 그쪽 분이랑 나, 세준이, 세아면 충분하죠. 마지막 가는 길인데 자식들이 해야죠."

작은 아빠가 말했다.

"영구 무게가 상당해서 여자분이 드신 걸 본 적이 없는데…."

"사람이 없는데 어떡합니까, 그럼?"

작은 아빠의 말에 지도사가 인상을 구겼다.

"그럼 따님께서 힘 좀 쓰실 수 있을까요?"

그가 미안한 듯 말했다.

세아가 이미 준비됐다는 듯 고개를 끄덕였다. 상복 치맛단을 살짝 들어 올리며 아이가 엄마에게 다가갔다. 세준은 세아가 엄마의 영구 무게를 감당할 수 있을지 걱정됐지만 어쩔 수 없었다. 앞으로 그들이 살아갈 날은 더 험난할지도 몰랐다.

지도사가 세아에게 흰 면장갑을 건네고 있을 때 장대비를 뚫고 한 남자의 크지 않은 목소리가 또렷이 들려왔다.

"제가 해도 되겠습니까?"

어둠 속에서 비를 뚫고 걸어오는 한 남자가 보였다.

그는…

진우였다.

성장하는 발걸음

우리는 모두,

편견이란 놈이 지배하는 세상에 살고 있다.

자정을 훌쩍 넘긴 2시 37분.

단독주택이 밀집한 부촌은 바로 옆 동네의 판자촌과 마찬가지로 불을 밝힌 집이 거의 없었다. 부자든 빈자든 우주로 들어가는 시간은 같은 모양이었다.

"이 새벽에 여기까지 찾아왔으면 무슨 할 말이 있을 텐데?"

언덕길 윗집의 2층 방에서 아직 우주에 들어가지 않은 두 사람 중 한 사람이 말했다.

"남의 단잠을 깨워놓고 계속 벙어리처럼 있을 텐가?"

창문 앞에서 거대한 풍채의 서재 주인이 금테안경에 달빛을 받으며 서 있었다.

진우는 술자리에서 벗어나 무작정 택시를 잡아타고 원장의 집 대문을 쾅쾅 두들겼다. 혜원이 같은 집에 살고 있었지만 생각할 겨를이 없었다.

"내일 술 깨고 사무실로 올라오게."

대문을 두드릴 때만 해도 따져 묻고 싶은 게 한두 개가 아니었는데 아무 것도 떠오르지 않았다.

"죄송합니다."

"고작 죄송하단 말이나 하려고 이 시간에 예까지 온 겐가?"

원장이 허탈한 웃음을 뱉었다.

"술 냄새까지 풍기며 들어온 데는 그만큼 하고 싶은 말이 있을 터, 사과 따위 말고 하고 싶은 말을 하게."

책장 옆에 있는 새장 속 새들조차 퍼드덕대지 않고 무거운 공기 속 그들을 지켜봤다.

"기억하나? 1년 전, 자네가 내 딸과 미래를 꾸릴 수 있는 사람인지 판단하겠다는 말."

답답했는지 원장이 먼저 입을 열었다.

"물론 기억하고 있습니다."

"자넨 1년간 저 새들과 다를 게 없는 짹짹거리는 지저귐만을 내게 남겼네. 알고 있나?"

지저귐이란 말은 분명 매번 같은 대답만 하는 자신을 두고 하는 말일 것이다.

"지금도 마찬가지야. 남자가 칼을 뽑았으면 무라도 썰어야지, 예까지 찾아와놓고 저놈들보다 못한 행동을 하고 있어."

그가 새장을 가리켰다.

그의 무시가 갈피를 못 잡던 질문에 연료가 된 것일까. 제일 묻고 싶었던, 당장 떠오르는 질문이 입 밖으로 튀어나왔다.

"그곳엔 왜 가신 겁니까?"

진우가 입을 다물고 입술만 움직이며 말했다.

"학원생의 모친상 말인가?"

"그렇습니다."

"대표 원장이 학원생 모친상에 다녀온 게 이상한 겐가?"

"백번 양보하면 거기까진 그러실 수 있죠."

원장이 다음 말을 기다렸다.

"돈을 준다고 하신 걸 여쭙는 겁니다."

원장이 목을 꿇으며 불편한 기색을 비쳤다.

"그 아이들을 매수해서 제 뒷조사라도 하시게요?"

"매수? 지금 매수라고 했나?"

그가 황당한 듯 얼굴을 앞으로 내밀었다.

"돈으로 아이들의 환심을 산 게 매수가 아니고 그럼 뭔가요?"

"자넨 그 아이들을 보고도 그런 생각밖에 못 하나?"

원장이 눈썹을 추켜올리며 혀를 찼다.

"자넨 여전히 안에서 생긴 문제의 답을 바깥에서만 찾고 있군. 모든 문제의 원인을 바깥에서만 찾으려 하면 진실을 볼 수 없지. 꼭 항상 엄마 때문이야 라고 말하는 애새끼들 같구먼."

진우가 테이블 유리에 비친 자신의 모습을 바라봤다.

애, 애새끼라고?

"내가 돈을 준다고 한 이유를 물었나?"

원장이 진우의 표정을 살피더니 말을 이었다.

"그 아이에게 쓸 돈은 내가 가진 돈의 의미를 가치 있게 해주는 하나의 이유인 것이지, 자네 뒷조사와는 전혀 별개의 문제네. 뒷조사를 할 거였으면 탐정을 고용하는 편이 나았겠지."

진우가 두 눈을 끔뻑였다.

그간 쏟아내고 싶었던 말들이 목구멍 한참 밑으로 내려가 어딘가로 흩어져 사라지고 없었다. 원장에게 설득된 게 아니다. 그저 모든 문제의 초점을 원장에게만 대입해 생각했던 자기 생각이 잘못되지 않았을까 하는 의문 때문이었다.

"지금 자네 위치를 그렇게 만든 건 아무런 말도, 표현도 하지 않는 자네 자신 때문이야. 알고는 있나?"

진우가 침을 꿀꺽 삼켰다.

"한 실장과 나를 원망하겠지?"

허를 찔린 듯 숨이 컥 막혔다.

"한 실장은 날카로운 칼일세. 그 칼을 누가 쓰느냐에 따라 많은 성과를 이룰 수도, 그 칼에 베일 수도 있지."

그저 한 실장의 눈치만 살피기 바빴을 뿐. 그녀에게 지금껏 아무런 지시도 내려볼 생각을 못 했다.

"세상은 내가 어떤 색안경을 끼느냐에 따라 다르게 보인다는 걸 알아야 해."

진우가 그를 바라봤다.

"자네의 그 안경이 투명해지길 기다리는 것도 얼마 남지 않았다는 것만 알아두게."

원장이 처음과 똑같이 창가로 몸을 돌렸다.

이대로 끝내선 안 된다….

"두려웠던 거 같습니다."

방안의 압축된 공기를 깨고 진우가 입을 뗐다.

"제가 하는 어떤 행동에도 흠을 보여선 안 된다고 생각했던 것 같습니다. 아니, 아버님 말씀이라면 우선 듣고 보자는 생각이었던 것 같습니다."

뒤에서 보이는 원장의 귀가 움찔했다.

"아버님께서 1년 전 혜원이와 결혼하고 싶다면 그에 어울리는 사람이 되라고 말씀하셨을 때 솔직히 제겐 다른 방법이 없었습니다."

원장의 고개가 살짝 진우 쪽으로 돌아왔다.

"사실, 그간 아버님의 1년 전 말씀이 혜원이와 만나지 말라는 의미라고 생각했습니다. 1년간의 평가는 혜원이를 설득하기 위한 구실에 불과했구나 하는 생각이었고요."

원장이 쩝 소리를 냈다.

"하지만 혜원이를 포기할 수 없었습니다. 그래서 작은 흠도 잡히면 안 된다고 했던 행동들이 못난 제 모습을 만든 것 같습니다. 죄송합….”

“내가 말 잘 듣는 직원 하나 뽑자고 팀장 자리까지 줬다고 생각하나?”

원장이 뒤돌아 소리치자 새들이 놀라 날개를 퍼드덕댔다.

“말 잘 듣는 직원은 얼마든지 있어. 난 내 딸과 함께할 사람의 날개가 보고 싶었던 거지, 저 새장에 갇힌 새를 보고 싶은 게 아닐세!”

그의 손가락이 또 새장으로 향했다.

“세상엔 새장 속에서 안전을 느끼는 사람이 있는가 하면 새장의 답답함을 느끼는 사람도 있지. 당연히 그들은 새로운 새장을 만들려는 기질을 가진 사람일 게고! 어떤 삶이 옳다고 말할 수는 없지만 난 새장 안에서 날갯짓도 못 하는 자네가 보고 싶은 게 아니었어.”

진우가 눈을 깜빡이며 새장을 바라봤다.

“저 녀석들은 새장의 문을 열어두어도 기껏 방 안을 날아다니다가 다시 새장으로 돌아가지. 창문을 열어놓으면 물론 바깥으로 나가겠지만 들짐승에게 잡아먹히고 말 테지. 바깥에는 그런 위험들이 존재하니까. 그런데도 저 녀석들은 창공에서 날갯짓을 펼쳐야만 하네. 왠 줄 아나?”

멍한 눈으로 원장과 눈을 마주했다.

“그게 저 녀석들의 숙명이니까!”

침묵이 흘렀다.

새장 속 새는 그냥 처음부터 그곳에 있는 줄 알아 왔다.

"애완짐승들에게 가장 큰 위협은 주변의 천적 같은 것들이 아니야."

진우가 다음 말을 기다렸다.

"가장 큰 위협은 제 주인의 싫증이야. 주인이 싫증을 내는 순간 애완짐승들이 믿던 안전한 세상은 없어지는 것이지. 받아먹는 먹이에 익숙해진 녀석들은 본능조차 잊어 굶어 죽든 천적에게 먹혀 죽게 되지. 무슨 말인지 알겠나?"

어서 다음 말이 나오길 바랐다.

"내가 만들어낸 세상이 아니라면 안전은 어디에도 없단 얘길세."

오늘따라 원장의 거대한 풍채가 진우를 유난스레 작게 만들었다.

"1년간 자네는 자네의 모습이 어땠는지 스스로 알 걸세."

벌거벗겨진 자신의 민낯이 부끄러웠다. 어쩌면 자신이 벗어나고 싶었던 원장의 굴레는 자신이 만든 건지도 몰랐다.

"가져가게."

생각에 잠긴 사이 원장이 책상에서 무언가를 꺼내와 테이블 위에 내려놓았다.

'정진애는 저희 엄마 이름이고 살았던 데는 후암동이에요.

엄마가 많이 아프신데 선생님께 꼭 부탁드리고 싶은 게 있어요.'

"이게, 왜?"

어안이 벙벙했다.

"거기 적힌 번호로 연락해보게. 뭐라도 도움이 될 테니."

한 실장이 버렸다고 생각했던 쪽지가 원장의 손에 있었다.

"자네에게 문제가 있다는 건 진작부터 알고 있었네. 그 문제 또한 스스로 해결하길 기다렸을 뿐."

"아."

짧은 신음이 터져 나왔다.

"그 문제를 해결하고 투명한 안경과 자네의 날개를 보여주게. 나와 내 가족에게 당당하게 말일세."

벌어진 입이 다물어지지 않았다. 고개를 떨구고 방을 나가려 할 때였다.

"가면 속에 진실을 감추고 있는 편견이란 놈을 조심하게. 그래야 진실에서 멀어지지 않을 수 있네."

진우의 뒷모습을 걱정과 부러움이 섞인 눈으로 새들이 한참을 바라봤다.

오가는 존재들

꿈속에서 봤던 여자가 누나였을까?

원장의 집에서 나온 뒤 문자를 보고 자신이 가야할 곳이 곧바로 정해졌다. 장례식장에 전화를 한 뒤 택시에 올라 생각을 정리해보았지만 여전히 미궁 투성이었다.

택시 앞 유리로 굵은 빗방울이 떨어지기 시작하더니 순식간에 앞이 안 보일 정도로 퍼부었다. 피곤한 몸과 빗소리는 자장가가 되어 진우를 금세 잠에 빠뜨렸다.

택시는 어느새 삼거리에서 화장터 정문으로 좌회전을 했다. 때마침 진우의 눈꺼풀도 슬며시 올라갔다.

"도착했나요?"

"이 위로 좀만 더 올라가면 됩니다."

정문을 통과한 택시가 가로등 길을 따라 위로 올랐다. 밑에선 보이지 않던 하얗고 거대한 건물이 곧 눈에 들어왔다.

"오늘도 많이들 올라가시네요."

기사가 한숨에 말을 섞었다.

"네?"

"건물 위에 하얀 연기요."

건물 꼭대기 동그란 관 여러 개에서 많은 양의 연기가 피어오르고 있었다. 아마 육신을 태운 재와 연기가 비바람을 뚫고 하늘로 오르는 듯했다.

"누가 돌아가셨는지는 모르겠지만 부디 하늘에선 평안하시길 빕니다."

진우가 눈을 끔뻑였다.

"세상 무거운 짐 다 털어버리고요."

"아, 감사합니다."

황급히 말했지만 감사하다는 표현이 지금 적절한지 몰랐다.

택시에서 내린 그가 비를 피하지 않고 건물 쪽으로 서서히 걸어갔다. 캄캄한 새벽녘만큼이나 현관 앞에 있는 사람들의 표정이 하나같이 어두웠다.

떨어지는 빗방울 사이로 눈을 찡그리고 자세히 보니 분명 아는 얼굴이 있었다.

영정사진을 가슴에 품은 세준이었다. 멀리서 봐도 사진 속 누나의 얼굴이 더없이 슬퍼 보였다.

그들이 몇 마디 나누는 듯 보이더니 세아가 움직여 지도사에게 장갑을 받았다. 의식할 새도 없이 발이 먼저 움직였다.

"제가 해도 되겠습니까?"

진우의 갑작스러운 등장에 모두 놀란 눈치였다.

"괜찮지?"

세준과 세아가 동시에 토끼 눈을 하고 고개를 끄덕였다.

"이야기는 이따 하자."

거세게 내리는 빗방울은 사람들의 행렬을 방해하려는 것일까, 그들이 흘리는 눈물을 감춰주려는 것일까.

세아가 세준에게 영정사진을 받아들자 트렁크에서 레일을 타고 누나의 영구가 빠져나왔다.

16년 만에 만난,

언제나 씩씩하던 누나였다. 하지만 지금 진우와 몇 사람의 손에 아무런 힘없이 들려 있다.

"이쪽으로 내려놓으시면 됩니다."

머리를 뒤로 묶은 마스크를 낀 여직원이 말했다. 그녀가 현관 앞에 놓인 카트를 손바닥으로 가리켰다.

"이제 고인은 레일을 따라 화장로로 향할 것이고 유가족분들은 카트의 속도에 맞춰 따라오시면 됩니다."

여직원이 카트에 붙은 버튼을 조작하자 카트가 아주 조심스럽게 움직였다. 그 속도에 맞춰 사람들이 뒤따랐다.

조명에 비춰 반짝이는 대리석 바닥이 생을 마감하는 인간과 왠지 모를 대조를 이루었다.

"고인이 화장로로 들어가시면 이생에서 가졌던 육신의 몸에서 완전히 벗어나게 되십니다. 다시 만날 수 없는 고인께 마지막으로 남기고 싶은 말씀들 있다면, 지금이 전할 수 있는 마지막 순간입니다."

집채만 한 커다란 철문 앞에 도착한 여직원이 카트를 안쪽과 연결된 레일에 연결했다.

"어, 엄, 엄마…."

제 오빠에게 의지해 있던 세아가 앞으로 툭 튀어나와 관을 부둥켜안고 울기 시작했다. 세준도 고개를 푹 숙인 채 어깨를 들썩였다. 무거운 공기마저 지금 순간만큼은 두 아이를 짓누르지 않고 마지막 인사를…, 할 수 있게 기다려줬다.

어느 누가 천륜의 생이별인 마지막 순간을 막을 수 있을까.

세아의 목은 이미 쉴 대로 쉬어 신음밖에 나오지 않았다. 진우의 눈시울에도 실핏줄이 드러났다.

작은 아빠가 영구를 부둥켜안은 세아의 두 어깨를 짚었다.

"이제 그만 보내드리자."

"엄마! 엄마아! 나 두고 가지 마! 제발! 안 돼!"

세아가 남은 힘을 끌어모아 절규했다. 아이의 울부짖음이 복도에 파장을 일으키며 쩌렁쩌렁 울렸다. 그 파장이 다시 세아에게 돌아가 눈물에 눈물을 더했다.

"세아야…, 우리 엄마 이제…."

지금 이 순간이 아니면 엄마와 영영 떨어져야 한다. 그걸 안 세아는 손톱이 꺾이는 줄도 모르고 관을 더욱 쎄게 끌어안았다. 엄마의 체취를 한 번만, 딱 한 번만 더 느끼고 싶었다.

"보내주자, 우리 엄마…."

두 아이의 얼굴은 이미 눈물과 콧물로 범벅이었다.

"엄… 마… 하…아아."

세아가 힘에 부치는 모양이었다. 그런 세아의 손가락을 세준이 엄마에게서 하나씩 떨어뜨렸다.

"가지…마, 제발! 나 두고 가지 마…."

세아의 바싹 마른 입술이 찢어졌다. 아이의 몸은 이미 혼절할 만큼 수분이 부족한 상태였다.

철컹.

철문이 양쪽으로 큰 소리를 내며 열리기 시작했다. 레일을 통해 엄마가 미끄러져 갔다.

"안 돼애!"

세아가 휘청이며 철문 안으로 들어가려 하자 세준이 세아를 뒤에서 끌어안았다. 엄마가 완전히 안으로 들어가자 철문이 열릴 때와는 다르게 빠르게 닫혔다.

"세아야…."

커다란 검정 커튼이 순식간에 철문을 가렸다. 눈에서 멀어지면 마음에서도 멀어진다는 말을 의도한 이곳의 배려일까, 하지만 그 배려는 쓸모없었다. 두 아이는 지금 이 순간을 평생 잊지 못할 테니까.

불꽃의 시작이 어디인지 알 수 없듯 꺼져가는 불꽃의 끝 또한 알 수 없다. 인간의 삶 또한 마찬가지였다.

어디에서 왔는지…, 또 다 타고나면 어디로 가는지….

"유가족 대기실은 2층에 있으며 약 3시간 후 화장이 끝나게 됩니다. 대기실에 있는 스크린을 통해 다음 절차는 확인하시면 됩니다."

여직원이 좀 전과는 다른, 감정이 섞이지 않은 어투로 말했다.

"대기실에서 눈 좀 붙이고 계세요. 시간 되면 깨워드리겠습니다."

지도사가 세준의 등에 대고 말했다.

"작은 아버님, 잠시만 좀."

"네? 왜요?"

"화장로에 입고했다는 사인을 좀 해주셔야 해서…."

작은 아빠가 눈을 깜빡였다.

"아아, 그럽시다."

작은 아빠가 답하며 진우를 바라봤다. 여기 좀 부탁한다는 눈짓 같았다.

쿵.

그들이 떠나자 곧바로 세아가 바닥에 주저앉으며 영정사진을 떨어뜨렸다.

"세아야!"

세준이 얼른 무릎을 굽혔다.

"오빠. 우리 엄마…, 이제 어떡해?"

세준이 고개를 숙이며 눈을 감았다.

실핏줄이 터진 진우의 눈에서도 또르르 눈물방울이 떨어졌다. 하지만 울고 있을 때가 아니었다. 누나에게 받은 은혜에 조금이라도 보답하자면 지금 이 아이들을 챙겨야 했다.

"세준아, 조금이라도 쉬어야, 엄마… 잘 보내드리지."

세준이 앉은 채 고개를 끄덕였다.

죽음이 슬픈 이유는 죽어간 이의 체취를 다시는 느끼지 못함 때문이 아닐까 진우는 생각했다.

두 사람이 대기실에 세아를 눕혀두고 복도로 나왔다. 복도에는 창을 통해 들어온 여명이 주변을 조금씩 밝히고 있었다.

"감사합니다. 여기까지 와 주셔서."

진우가 자판기에서 김이 나는 커피를 뽑아와 세준의 맞은편에 앉았다. 겉모습은 학원에서 보는 아이들과 다를 바 없었지만, 뭔가 분위기가 달랐다. 세준은 이미 본능적으로 이 세계가 규정하는 어른의 모습을 갖추려 하고 있는지도 몰랐다.

"사실."

세준이 입을 오물거리다 말했다.

"저희 엄마…, 친엄마가 아니었어요."

진우가 이미 안다는 듯 가만히 고개를 끄덕였다. 어떤 정황인지 알진 못해도 대충 짐작은 갔다.

"근데 엄마를 엄마가 아니라고 생각한 적은 한 번도 없어요."

둘뿐이라 그런지 세준이 편안하게 말을 이었다.

"제가 어릴 때 두 분이 만나셨어요, 미국에서."

진우가 다음 말을 차분히 기다렸다.

"어릴 때 엄마는 제게 항상 말씀하셨어요. 상처뿐인 엄마를 아빠가 보듬어줬듯 이제 저를 보듬어줄 거라고."

"그땐 그 소리가 정말 싫었어요. 절 낳아놓고 도망간 엄마가 언젠가는 돌아올 거라고 믿었으니까요."

세준의 어렸던 그 마음이 조금은 이해됐다.

"엄만 제가 못되게 굴어도 정말 그 말씀을 끝까지 지키셨죠. 그렇게 어느새 넷이 가족이 되었어요."

세준이 커피잔을 바라보며 말을 이었다.

"한국으로 넷이 돌아와 아빠가 배를 타셨어요. 그런데 어느 날인가 일 나가신 아빠가 돌아오질 않으셨죠."

진우가 모르던 사실이었다.

"엄만 아빠가 돌아오실 거라고 믿으셨어요. 아니, 함께 하고 계신다고 믿으셨죠. 병원에서 돌아가시던 그 순간까지…."

"고맙다, 얘기해줘서."

세준의 눈가가 촉촉해져 있었다.

"엄마는 어디에 모시기로 했니?"

"바닷가에 뿌려드리려고요."

진우가 고개를 갸웃했다.

"엄만 아빠 얘기를 할 때면 항상 두 분이 처음 만났던 장소에 다시 가고 싶다고 말씀하셨어요. 어느 공원의 반 토막 난 벤치였는데 거기 앉아 있으면 아빠가 다시 나타나 엄마의 반을 채워주실 거라고."

세준의 입꼬리가 살짝 움직였다.

"그래서 바닷가에 뿌려 드리려구요. 그럼 바닷가 어딘가에 계신 아빠랑 벤치까지 두 분이 날아가시지 않을까요?"

눈빛에서 기대가 한껏 빛났다.

"아 참, 깜빡할 뻔했네요."

세준이 안주머니에서 뭔가를 꺼내 내밀었다.

"이게 뭐니?"

"엄마를 찾는 누군가 나타나면 주라고 했는데 제 생각엔 그 누군가가 선생님인 것 같아요."

세준이 내민 걸 바라봤다. 한 장의 홍보물 같은 명함이었다.

"거기로 한 번 찾아가 보세요. 뭔가 도움이 되실지도 몰라요."

"이걸 누가?"

상황이 이해되지 않았다.

"저희 이모예요."

"…응?"

머릿속에서 의식이란 녀석이 무의식 속에 있는 기억 창고를 빛의 속도로 헤집어갔다. 누나의 언니는 어릴 적 미국으로 유학을 떠났다는 것 외엔 알고 있는 정보가 없었다.

"세준아!"

작은 아빠가 반대편에서 외쳤다.

"와 주셔서 진심으로 감사드립니다."

세준이 일어서서 허리를 숙였다.

"…앞으로 혼자 정말 괜찮겠니?"

세준이 걱정됐다. 아니, 사실 세아가 더 궁금했다.

"언제까지 다른 사람한테 의지하고 살 순 없잖아요. 이제 정말 세아한테 저밖에 없기도 하고."

세준이 다짐이라도 하듯 입술을 앙다물었다.

"세아는, 어떡하려고?"

진우가 조심스레 말했다.

"뭘요?"

어쩌면 형의 핏줄일 수도 있는 아이였다.

"그러니까, 네가 아직 세아를 책임지기엔…."

세준이 의아한 눈을 했다.

"…다른 친척을 찾아보는 건 어떻겠니?"

진우가 말을 끌어가며 힘겹게 마쳤다.

"제 동생을 왜 남한테 맡겨요?"

이해할 수 없다는 눈이었다.

"네 마음을 이해는 한다만, 너도 아직 어리기도 하고 또…."

"…."

"세아 입장에서도 피붙이와 붙어사는 게 더 좋지 않…."

"무슨 말씀이세요?"

세준이 말을 잘랐다.

"세아 제 친동생이에요."

"어?"

"제가 업어 키운 제 동생이라구요."

진우가 두 눈을 깜빡였다.

"엄마만 다를 뿐 세아랑 저희 아빠 같은 분이에요."

진우의 벌어진 입이 더 크게 벌어졌다.

독기어린 눈

"기억은 좀 찾아보셨습니까?"

로켓처럼 생긴 원통형 바깥으로 파란 가운을 입고 진우가 누운 채 오 박사를 올려 보고 있었다.

"예. 좀 놀랐습니다. 기억하지 못하던 것들이라…"

진우가 오 박사에게 답했다.

"그거 잘 됐군요. 분명 도움이 될 겁니다."

그가 안경을 끌어 올렸다가 다시 말했다.

"양손을 배꼽 위에 올리시고 심호흡 좀 하세요."

진우가 오 박사를 따라 심호흡을 연속으로 했다. 머리엔 실험을 받는 쥐처럼 이곳저곳에 전극이 잔뜩 붙어 있었다.

"교정기 안으로 들어가시면 오른손 부근에 빨간 버튼이 있을 겁니다. 저기 보이시나요?"

진우가 누운 채 고개를 들어 안쪽을 바라봤다.

"저 버튼은 의식과 무의식을 횡단하며 혹시 모를 비상 상황에 대비한 버튼입니다. 그럴 일은 없겠지만 버튼을 누르면 전기적인 모든 신호가 차단되며 교정은 멈출 겁니다."

"어차피 제가 최면 상태가 되면 저 버튼은 소용없는 게 아닌가요?"

"아닙니다. 최면 상태더라도 스스로가 무의식을 의식하고 있다면 신체도 반응할 수 있습니다."

진우가 누운 채 고개를 끄덕였다.

"좀 긴장되네요. 물 한 잔만 마셔도 되겠습니까?"

유리 벽 바깥에서도 진우의 말이 들리는지 잠시 뒤 누군가 문을 열고 들어왔다.

"감사합니다."

진우가 연구원이 건네는 물을 받으며 그의 얼굴을 봤다.

그였다. 박 원장의 병원에서 마주쳤던 그 뱃살 남자.

"내비게이터를 맡은 황민철이라고 합니다."

진우가 그를 빤히 바라보았다.

"또 필요한 게 있으신지?"

멍한 얼굴의 진우에게 그가 다시 말했다.

"아아, 아닙니다. 잠깐 딴생각 좀 하느라."

황급히 진우가 표정을 바꾸었다.

"이제 준비되셨나요?"

오 박사가 미소를 짓고 있었다.

진우가 고개를 끄덕이자 오 박사가 유리 벽 건너편으로 신호를 보냈다.

진우의 몸이 서서히 원통 속으로 빨려 들어갔다.

"제가 유리벽 건너편에서 말하는 소리가 안에서도 들릴 겁니다."

그가 빨려 들어가는 진우에게 말하곤 유리벽 건너편으로 넘어갔다.

교정실이 곧 깜깜해지며 방 천장 모서리 부근의 조명등만이 남았다. 통 안에 들어간 진우는 별처럼 떠 있는 연보라 불빛 하나에 의지하며 허공에 긴장을 뻗어냈다.

"지금 나오는 가스는 진우 씨의 의식이 어디에 있는지 우리에게 안내해주는 일종의 내비게이션 같은 겁니다. 놀라지 마세요."

그의 말이 끝나자 통 안의 작은 구멍들에서 기체가 나와 서서히 진우를 감쌌다.

익숙한 향이었다. 기체에선 분명 유칼립투스 향이 났다. 조금은 다른 향이지만 어릴 적 누나네 집에서 맡던 향초와 비슷했다.

"자, 이제 제가 열을 세면 진우 씨는 여행을 떠날 겁니다."

오 박사가 마이크에 얼굴을 가까이 댔다.

"규칙을 말씀드리죠. 손가락 튕기는 소리가 한 번 들리면 그곳에서 더욱 집중력을 높일 수 있고 보이지 않던 것도 보이게 될 겁니다. 두 번 튕기면 서 있던 자리에서 즉시 발이 땅에서 떨어지고 있던 곳을 벗어나는 겁니다. 하늘로 치솟으면서요. 이해되셨나요?"

"네."

짧게 답했다.

"하나, 둘…,"

"…일곱,"

"…아홉, 열."

저편에서 오 박사의 음성이 속삭이듯 귀를 간지럽혔다.

딱딱!

"갈매기는 끼룩끼룩 울고 평온한 모래사장엔 잔잔한 파도만이 모래 알갱이를 적시고 있습니다. 그곳엔 진우 씨가 서 있습니다. 맨발로 그 모든 촉감을 느낍니다. 알갱이는 규칙적인 소리를 내며 파도에 따라 굴러가지만 진우 씨는 그걸 들을 수 있습니다."

딱!

"쓸려가는 모래를 쫑긋 세운 귀가 따라가며 더욱 선명해집니다. 조금씩 조금씩 알갱이 소리가 커지고 있습니다. 부딪히는 파도 소리를 모두 걷어냅니다. 모래 굴러가는 소리 외에는 아무 소리도 들리지 않습니다. 그 어떤 것도 들리지 않습니다."

갈갈갈.

딱!

눈을 감은 진우의 입이 살포시 벌어졌다.

"어릴 때 가장 편안하고 안락했던 순간으로 이동합니다."

딱딱!

진우의 눈앞에 호빵 누나의 집 거실이 들어왔다. 누나가 엎드려 있는 진우의 등 어귀쯤에 난 상처에 빨간약을 바르고 있다.

"누나가 등에 난 상처를 소독해주고 있어요."

"누난 어떤 사람인가요?"

"항상 제 편을 들어주는 포근한 사람이에요."

"연인관계인가요?"

"아니에요."

"등에는 상처가 왜 생겼나요?"

진우가 기억 속에서 되감기를 하는지 미간을 찌푸렸다.

"담장을 넘다가 생긴 상처예요."

"담장은 왜 넘었나요?"

"집에 가려면 개가 있는 집을 지나야 하는데, 그 개를 피해서 넘었어요."

"어렸을 때 개를 싫어했겠군요."

"…그랬던 것, 같아요."

"자, 이제 누나가 치료해주는 그 편안한 기억을 안고 매일같이 떠오르는 악몽 속으로 이동할 겁니다."

"조금만 더…."

진우가 말했다.

"있으면 안 될까요?"

"그 기억이 진우 씨 삶에서 가장 안락했던 순간이군요."

"그냥, 너무, 너무 편안해요."

"잠시만 그곳에 머물겠습니다."

진우가 기억 속에서 소독약의 따가움을 느끼는지 움찔움찔 어깨를 튕겨냈다. 온몸으로 그 기억을 느낄수록 몸은 점점 무의식 속 저편으로 깊게 빠져들었다.

"누나의 따뜻한 마음을 의식 속에 저장하고 악몽에 나왔던 여자의 정체를 기억 속에서 탐색합니다. 탐색은 빠르고 정확합니다."

"지금 소형 우주선을 타고 시속 1천 킬로로 날고 있습니다. 창밖엔 우주의 별들이 빠르게 지나가고 있습니다."

"그건 모두 진우 씨의 기억 별입니다. 어디에 착륙할지 찾아내고 빠르게 우주선 조종 레버를 당깁니다."

딱딱!

"뭐가 보이나요?"

"깜깜해요. 아무것도 안 보여요."

"우주선의 조명이 켜졌습니다. 뭐가 보이나요?"

"…똑같아요."

"좀만 더 집중해 봅니다!"

딱!

"아무것도…."

진우가 웅얼댔다.

"그럼 다른 장소로 가보겠습니다. 우주선은 순식간에 진우 씨 어릴 적 집 안에 착륙합니다."

"도착했어요."

진우가 웅얼웅얼 숨에 목소리를 실었다.

"처음 최면으로 찾았던 기억이군요."

"맞아요."

"진우 씨는 어디 있나요?"

"현관에 서 있어요."

"왜 현관에 서 있죠?"

"제가 문을 열어준 것 같아요…."

"누구에게 문을 열어줬나요?"

"엄마랑 형이요."

"다른 사람은요?"

"누나도 문 뒤에 있어요…."

"아까 그 누나군요."

"네. 누나가 아이를 안고 서 있어요."

"표정은 어떤가요?"

"그냥…, 다 무표정이에요. 형이 아이를 받아 안고 집 안으로 들어와요."

"아이의 얼굴은 어떤가요?"

"담요에 싸여서 보이질 않아요."

"집중합니다! 손을 뻗어 담요를 걷어내 봅니다!"

딱!

"손이 중간에 멈춰서 움직이질 않아요."

"조금만 힘을 내세요!"

딱!

"아악! 아기가 아니에요."

"그럼 뭐죠?"

"그 핏덩이 강아지가⋯."

"악몽에 나타났던 그 강아지 말인가요?"

"⋯네, 그런 거 같아요."

"근데, 반응이 없어요. 눈도 안 뜨고 있고요. 머리가 차가워요."

진우가 한쪽 눈을 찡그렸다.

"어? 하아하아."

진우의 숨이 거칠어졌다.

"왜 그러세요?"

"⋯슬퍼요."

"네?"

"누나가 울고 있어요, 형도, 엄마도."

"왜죠?"

"모르겠어요."

"근데 누나 옷, 옷이⋯."

"네?"

"⋯그 여자가 입었던 옷이랑 똑같아요."

유리 벽 너머 모든 사람이 모니터에 나타난 진우의 찡그린 얼굴을 보고 있었다.

"그 여자가 누난가요?"

오 박사가 진우의 머릿속에서 일어나는 일을 다급하게 물었다.

"빨개요."

"뭐가 빨갛다는 거죠?"

"누나 옷이요."

"⋯."

"아! 아! 치마 밑으로 피가 뚝뚝 떨어져요."

진우가 신음을 섞어 말했다.

"머리가, 아파요."

트랜스 상태에 들어간 지 5분도 채 되지 않아 위기가 찾아왔다.

"박사님, 신호가 약해지고 있습니다!"

황민철 연구원이 다급히 말했다.

"얼마나 버틸 수 있나?"

"지금도 무립니다. 지금까지 얻은 자료를 잃을 수도 있습니다."

박사가 탄식을 냈다.

"진우 씨 제 말 들리시죠? 딱 소리와 함께 처음 느꼈던 편안했던 누나의 품으로 돌아갈 겁니다. 하나, 둘, 셋."

딱딱!

"아, 아…."

비명이 잦아들었다.

"처음 그 집으로 돌아왔나요?"

"네."

진우가 한숨을 내쉬었다.

"아픈 머리는요?"

"…괜찮아요, 근데 등이 너무 아파요."

"등이요?"

"누나가 등을 너무 쎄게 문질러요. 제가 소리치는데도…, 아아! 너무 따가워요."

"아까 그 집이 맞나요?"

오 박사의 물음에 아랑곳하지 않고 진우가 눈썹을 추켜들었다.

"무슨 일인가요?"

"누나가."

"누나가 입은 옷이 아까 그 옷이에요."

"네?"

"빨갛게 피로 물들었어요."

오 박사의 얼굴이 당황으로 역력했다. 더 이상의 최면은 불가했다.

"딱딱 소리가 나면 바닥에서 몸이 뜨기 시작할 겁니다."

"…누나가 울고 있어요. 마음이, 마음이 너무 아파요."

진우가 울먹였다.

"집중하세요! 진우 씨 몸이 바닥에서 뜨고 머리가 천장을 빠르게 뚫고 통과하는 순간 현실로 돌아옵니다!"

딱딱!

"몸이 바닥에서 떠올라요."

"그대로 머리가 천장을 통과할 겁니다!"

박사의 목소리가 격앙되었다.

"천장에 머리가 닿았는데 몸이 더 이상 올라가질 않아요."

"좀 더 힘을 내서 천장을 뚫습니다!"

딱딱!

오 박사가 내는 튕김이 더욱 거셌다.

"…누나가 제 다리를 잡고 있어요."

"뿌리치셔야 합니다! 그 누나는 진우 씨가 기억하는 누나가 아니에요!"

딱딱!

진우가 교정기 안 현실로 돌아왔다. 감은 눈 옆으로 눈물이 흐르고 있었다.

"괜찮으세요?"

오 박사가 서둘러 유리 벽 안으로 들어왔다. 그가 벽에 붙은 버튼을 누르자 교정기에서 진우가 빠져나왔다.

"이제 안전합니다."

원통에서 나온 진우가 아직 현실로 돌아오지 못한 눈으로 천장
을 보고 있었다.

"누나가…."

"예?"

"누나가 날 놔줬어요."

신당을 찾는 사람들

"네 이년! 어디 신을 농락하려 드는 게야!"

"아니 이혼한 전 남편 기 꺾는 부적 좀 써달라는 게 그렇게 화낼 일인가?"

눈 주변을 거뭇거뭇하게 화장한 무당에게 여자가 빈정댔다.

"대운이 들어선 자의 길을 막아서는 것은 흐름에 역행하는 짓거리이니라!"

"역행이고 나발이고 나는 모르겠고 돈 받고 부적이나 써주면 되지, 뭐 대단한 일 한다고. 유세야, 유세가!"

무당이 앉은 채 미세하게 미소를 지었다.

"무당집이 뭐 여기만 있는 줄 알아?"

일어서서 돌아 나가는 여자를 말없이 그녀가 지켜봤다.

"네년은 이혼당한 게 남편의 잘되는 사업 때문이라 생각할 테지?"

여자가 문고리를 잡았을 때 무당이 입을 열었다. 그녀의 내리깔린 음성이 방안을 뒤덮었다.

"그게 네년 운명이다. 평생 남 탓만 하며 살아갈 운명. 깨진 항아리는 안과 밖 어디서나 물이 새기 마련. 넌 타인의 시선에 미쳐 남편의 사업이 어려웠을 때도 과소비를 일삼았을 것이고 그 때문에 남편과 문제가 많았을 것이다."

여자의 눈이 커지며 콧구멍이 벌렁댔다.

"또 네년은 남편 앞에서 비교질을 해가며 그 속을 박박 긁었겠지. 다행히 남편에게 대운이 들어 쓰러지던 사업은 운을 탔지만 그건 너에게 허영뿐인 또 다른 자랑거리였을 것이다."

"뭘 안다고 지껄이는 거야, 진짜! 이 미친 무당년이!"

여자가 노랗게 변한 얼굴로 두 눈을 부라렸다.

"진즉 깨달았다면 네년의 깨진 항아리를 메우진 못해도 아무도 모를 만큼 그 틈을 작게 만들 수는 있었을 것이다. 큰 줄기를 바꾸는 건 어렵지만 타고 태어난 모든 운명은 인간 하기에 달린 법이지."

여자의 아래턱이 벌어졌다.

"하지만 네년의 그 분노와 허영이 틈을 더 크게 벌렸고 결국 남편이 빠져나간 것이다."

"머, 머? 보자 보자 하니까!"

여자가 위협적으로 무당에게 한 걸음 다가갔다. 하지만 그녀는 아무런 반응도 하지 않고 눈을 감고 말을 이었다.

"네년 성격 고쳐먹지 않으면 실금이던 금은 항아리 전체에 퍼져 반드시 깨질 것이다. 허투루 들으면 파탄이고 새겨들으면 그나마 지금 삶은 보존할 것이다."

"됐다, 됐어. 말을 말아야지!"

말투는 강했지만, 여자의 이가 덜덜 떨고 있었다.

"스승님, 무슨 일이십니까?"

문을 열고 남자가 들어와 상황을 살폈다.

"가엾은 년 적선한다 생각하고 복채는 받지 말거라."

"이따위 복채 내가 백 번이고 천 번 줄 수 있어! 이깟 거 얼마나 한다고!"

여자가 핸드백에서 두둑한 장지갑을 꺼내 보였다.

"박 군아, 어서 내쫓지 않고 뭐 하느냐."

제자인 듯한 남자가 여자의 팔을 잡아당겼다.

"알아서 간다고, 가!"

여자가 열린 방문을 잰걸음으로 빠져나갔다.

쾅!

세차게 닫힌 현관문 때문에 창문이 살짝 흔들렸다.

"괜찮으십니까, 스승님?"

"가엾은 것."

무당의 표정이 측은했다.

"내면의 강도가 약한 사람일수록 외면을 화려하게 치장하는 법이지. 자신의 약한 내면을 감춰야 하니까."

제자가 무릎을 꿇고 귀를 기울였다.

"저 여인은 그게 두려운 것이다. 그래서 더 가엾은 것이고."

제자가 고개를 끄덕였다.

"예약은 얼마나 남았느냐?"

"다섯 명이긴 한데 오늘도 밖에 대기 중인 사람만 수십 명은 될 겁니다."

"오늘은 아무래도 귀한 손님이 올 것 같으니 예약만 들이거라."

"귀한 손님요?"

"신령님이 말씀하시더구나. 찾아오면 길을 잘 걸을 수 있게 도와주라고."

"어떻게 생긴 사람인지는 말씀 안 해주셨습니까?"

"아마 너도 보면 단번에 알 것이다. 미래가 아닌 과거가 궁금해서 온 사람일 터이니."

무당의 말이 끝났는데도 제자가 나가지 않고 머리를 긁적였다.

"할 말이 남았느냐?"

무당이 눈을 뜨고 물었다.

"뭐 하나만 여쭤도 되겠습니까?"

"그러거라."

"간혹 저런 손님들을 보면 궁금했습니다. 스승님께 미래가 궁금해 와놓고 진실을 말해주면 왜 화를 내는지….”

무당이 살짝 미소 지으며 입을 열었다.

“그들은 내게 확실한 답을 원한다. 자신들 마음에서 확신할 수 없는 물음에 결재라도 받듯 내 **입 도장**을 받길 원하는 것이다.”

제자가 자세를 고쳐 앉았다.

“저들은 자신이 보는 것을 진실이라 믿는 경우가 많다. 그게 진짜 진실보다 더 간편하기 때문이지. 그렇게 나는 저들이 보는 진실에 힘을 실어준다. 저들이 판단한 게 맞다면 말이다.”

제자가 아리송한 얼굴로 다시 입을 열었다.

“판단한 게 맞다면이란 게 잘 이해되지 않습니다.”

“너도 사주 공부를 하고 있으니 운명이란 게 뭘 뜻하는지는 알고 있겠지?”

“운은 말 그대로 살아가며 겪는 운이고 명은 각자가 타고 태어나는 숙명 같은 것이 아닙니까?”

“그래. 네 말대로 명이란 각자가 타고 태어나는 숙명같은 것인데 난 저들의 명에 저들이 원하는 게 들어있다면 힘을 실어준다. 하지만 저들이 원하는 게 저들 명에 없는데 그걸 가질 수 있다 말하면 내가 여느 사기꾼과 다를 게 무엇이겠느냐?”

그가 더 이해되지 않는지 한숨을 내쉬었다.

“그러니까 스승님 말씀은 명에 없는 걸 원할 땐….”

“힘을 실어주지 않는다는 말이다. 그게 저런 천치 같은 자들이

화를 내는 이유일 테고."

"그럼 진짜 진실은 어디에 있는 겁니까?"

"내 좀 전에 확신할 수 없는 물음이라 말하지 않았느냐."

"예?"

"진짜 진실은 이미 저들 마음속에 있다."

제자가 미간을 찌푸리고 머리를 긁적였다.

"좀 더 공부해보겠습니다."

무당이 고개를 깊게 한 번 끄덕였다.

"바깥에 기다리는 사람들은 돌아가라고 일러둬라. 날이 추우니."

"말해도 어차피 돌아가지 않을 겁니다. 히힛."

문고리를 잡고 제자가 웃었다.

"잘 한번 타일러 보거라."

알 수 없는 인생사

卍 **만두보살**

영점·신점·병점·신수·궁합·사업·택일

충청남도 보양시….

세준에게 받은 명함에 쓰인 글씨다. 진우의 기억 속 그녀와는 전혀 어울리지 않는 명함이었다.

세아가 그 아이가 아니라면 그 아인 대체 어디 있는 걸까?

센터를 나오자마자 진우는 차를 몰아 고속도로에 올라 있었다. 누나의 언니를 왠지 꼭 만나야 할 것 같단 생각이 들었다.

근데 어떻게 내가 누나를 찾아갈 걸 알았을까?

도통 이해할 수 없는 일의 연속이었다.

오 박사는 실험자의 무의식 안에 있던 인물이 마음대로 행동하는 건 결코 흔한 일이 아니라고 했다.

만약… 그게 누나의 영혼이라면?

말도 안 되는 얘기였다. 박사에게 차마 꺼내지도 못한 말이었다.

진실에 가까워지고 있는 건 분명했지만 그 진실을 과연 자신이 감당할 수 있을지 더럭 겁이 났다.

지금처럼 살아도 되지 않을까?

스멀스멀 포기하고 싶은 생각이 들었다. 이미 차는 보양시로 향하고 있었지만 언제든 출구로 빠져나가 현재로 돌아갈 수 있었다.

아니야. 매일을 악몽 속에 살 순 없어. 혜원이와 미래를 위해서라도 반드시 과거를 찾아야 해.

진우가 가속페달에 힘을 주어 속도를 높였다.

보양시의 시내로 들어선 진우의 차가 낮은 건물들이 밀집한 골목으로 향했다. 내비게이션은 이 근처를 가리키고 있었지만 밀집해 있는 건물 탓에 같은 길만 벌써 세 번째 도는 중이었다.

걷는 게 더 빠르겠어.

보도블록에 걸쳐 대충 차를 세워두고 건물들 옆에 붙은 지번을 하나하나 확인했다.

"127-5, 6, 7…. 여기 어디 같은데."

명함에 인쇄된 숫자는 126-22였다.

안쪽 골목으로 들어가는 샛길로 발걸음을 옮겼다. 많은 사람이 어느 집 앞에 모여 있는 게 보였다.

"저, 말씀 좀 여쭙겠습니다."

진우가 무리 중 한 아줌마에게 말했다.

"근처에 만두보살이라는 점집을 아시나요?"

그녀가 진우를 이해되지 않는다는 눈으로 바라봤다.

"이 양반, 까막눈이슈? 여기가 만두보살 아니유."

아줌마가 손가락으로 바로 앞, 대문을 가리켰다.

손가락 끝을 따라가자 초록색 대문 옆으로 먼지가 쌓여 잘 보이지 않는 '만두보살'이라는 작은 간판이 보였다.

"여봐요, 그 벨 안 돼. 인간들이 하도 누르는 통에 주인 양반이 코드를 빼 버렸어."

벨을 누르는 진우에게 돗자리에 앉은 뽀글뽀글한 머리의 아줌마가 말했다.

"그럼, 여기 어떻게 들어갑니까?"

"어떻게 들어가긴, 우리처럼 기다렸다 들어가야지."

"아, 저는 여기 점을 보러 온 게 아니고…."

"새치기할 생각 마슈. 여기 있는 사람들 다 바쁜 사람들이니께."

열댓 명의 기운이 한꺼번에 느껴졌다. 그들과 눈을 마주하지 않아도 그들의 적대감이 고스란히 전달됐다.

끼익.

오래된 대문이 저항을 이겨내며 쇳소리를 냈다. 발을 안으로 밀어 넣고 건물 현관까지 다가갔다. 오래된 듯한 불투명 유리로 된 문이었다.

똑똑.

"계십니까?"

반응이 없었다.

"계세요?"

안에서 누군가 걸어오는 소리가 들렸다.

"오늘 예약 끝났습니다."

안에서 남자가 문을 열며 말했다.

"저, 여기가 혹시⋯."

"어? 오셨네요."

그가 진우를 아는 사람처럼 활짝 웃어 보였다.

"네?"

알 수 없는 남자의 미소가 진우를 당황케 했다.

"들어오십시오."

열린 대문으로 장사진을 친 사람들이 먼저 입장권을 획득한 진
우에게 시샘의 눈빛을 던졌다.

"기다리고 계셨습니다."

"네, 네?"

그가 자꾸 알 수 없는 말을 뱉어냈다. 남자를 뒤따라 안으로 들
어가자 집의 반을 가리고 있는 커다란 암막 커튼이 나타났다. 왠지
가슴이 콩닥콩닥 뛰었다. 그가 커튼을 열어젖히자 진갈색 방문 하

나가 진우를 마주했다.

똑똑.

"스승님께서 말씀하신 분이 오셨습니다."

"들어오너라."

방안에서 굵직한 목소리가 흘러나왔다. 방문이 조금씩 열리며 목소리의 주인도 얼굴을 드러냈다. 화장을 해괴망측하게 하긴 했어도 분명히 낯익은 얼굴이었다.

"오랜만이오. 날 알아보겠소?"

누나의 비밀

운명은 결코 우리에게 생각할 시간을 주지 않는다.

무당 앞에 마주 앉은 진우의 눈동자가 이곳저곳을 훑었다. 천장에 붙은 등불이며 그녀의 뒤로 놓인 계단식 탁상에 놓인 수백 개의 불을 밝힌 유리관이 생경하게 느껴졌다.

"예전과 많이 달라지셨네요…."

침묵 속에 진우가 먼저 입을 뗐다.

"세월이 어디 내 얼굴만 비껴갔겠나? 하물며 이런 일을 하고 있는데."

눈 주위를 빨갛고 검정으로 칠을 한 그녀가 답했다.

옛날 누나의 언니와는 말도 제대로 섞어본 적이 없었다. 얼굴만 간신히 기억날 뿐 목소리도 기억나지 않았다.

"옛날에 유학을 떠나신 게 마지막이었던 것 같은데…."

무거운 분위기 속에서 진우가 야트막한 장막을 걷어내고 기억 하나를 끄집어냈다.

"그랬지. 그때 본 게 우리의 마지막이었던가?"

"그럴, 겁니다."

무당의 입꼬리가 살짝 올라갔다.

"근데 어쩌다가 이런 일을…."

그녀의 입꼬리가 더욱 올라가며 피식 웃어 보였다.

"왜 이 짓거리를 하고 있느냔 말이지?"

"아아, 그런 뜻으로 드린 말은…."

"십수 년 전에는 나도 내가 여기 앉아 있을 줄 꿈에도 몰랐지."

진우가 무당에게 집중했다.

"삶에는 누구나 벗어날 수 없는 굴레라는 게 있네. 인생의 크나큰 줄기라고 말할 수 있지. 그 줄기를 모를 땐 공부를 통해 뭔가를 이루고 싶었어. 하지만 내 줄기가 그런 공부와는 아무런 관계가 없다는 걸 어찌 알았겠나."

그녀가 입을 닫고 콧바람을 뿜었다.

"그 모든 게 허사가 될 줄이야…."

무당이 옛일을 회상하듯 허공에 시선을 두었다.

"자네는 자네가 이곳에 왜 왔는지 알고 있나?"

"…그야 절 찾으셨다기에."

"자넨 여기까지 오면서 많은 의문을 떠올렸을 테지. 이를테면 내가 어떻게 자네가 올 줄 알고 있었는지 하는."

그녀가 진우의 마음을 핵심적으로 간파했다.

"세상엔 일반의 시각으로 이해할 수 없는 일이 많이 존재한다네. 물론 진애가 자네를 끌어당겼을 것이고 난 그 언어를 읽고 전달했을 뿐이야."

진우의 고개가 갸웃거렸다.

"자네도 진실을 알고 싶어 이곳으로 온 게 아닌가?"

모든 것을 꿰뚫어 보는 듯한 그녀의 눈이 매서웠다.

"내 유학 시절 때 이야기를 해주지."

모두가 잠든 새벽, 침대 옆 전화기는 불이 나게 울렸다.

"여보세요."

"…자고, 있었니?"

"엄마야?"

목이 잠긴 채 진선이 말했다.

"진선아."

"왜 그래, 무슨 일 있어?"

엄마의 불안이 수만 킬로는 떨어져 있는 딸에게 전파를 타고 전달됐다.

"진애가, 많이 안 좋아…."

"왜? 사고 났어?"

"그게 아니라…. 너한테 가고 싶대."

"무슨 소리야, 그게?"

"당분간만 진애 좀 보살펴 주면 안 되겠니?"

당황스러웠다. 학교에 알바에 남는 시간이 없었다.

"무슨 일인데 그래요."

"그냥, 당분간이면 될 것 같은데…."

평생을 뭔가 자신에게 요구했던 적이 없던 엄마였다. 울먹이는 엄마의 음성에 대고 거절할 이유도, 마음도 들지 않았다.

"진애야!"

공항 출구를 향해 진선이 외쳤다.

"너, 얼굴이 왜 그래?"

동생의 얼굴이 예전 얼굴이 아니었다. 초췌하게 마른 몸에, 눈 밑은 검붉은 그늘이 뒤덮고 있었다.

"언니."

동생이 떨리는 음성으로 진선에게 안겼다.

동생을 데리고 집으로 돌아와 식사를 권했지만 오랜 비행시간 때문인지 진애는 그대로 거실 바닥에 누워 잠에 빠졌다. 이불을 갖다준 그 자리에서 며칠간 동생은 움직이지 않았다. 먹은 거라곤 며칠째 우유 한 통이 전부였다. 그렇게 동생과의 미국 생활이 시작됐다.

"산책이라도 좀 나갈래?"

보름쯤 지났을 무렵 시체처럼 바닥에 붙어만 있는 동생이 걱정

되었다.

"아니."

동생이 얼굴을 바닥에 붙인 채 힘없이 답했다.

"안 되겠어. 일단 바람이라도 쐬고 오자."

언니가 동생의 겨드랑이 양쪽에 손을 찔러 넣고 힘주어 일으켰다. 동생은 비교적 순순히 언니를 따라 공원으로 나갔다.

"날이 참 좋다."

언니가 말했다. 하지만 동생의 눈은 여전히 흐리멍덩했다.

그날의 산책이 효과가 있던 걸까. 동생은 그날 이후 언니가 학교에서 돌아오는 시간에 맞춰 공원을 산책하다가 언니와 집에 함께 들어왔다.

"오늘은 알바 쉬는 날이니까 한 바퀴 같이 돌고 들어갈까?"

학교를 마치고 온 언니가 말했다. 동생의 눈은 여전히 흐리멍덩했지만 분명 조금씩 생기가 돌아오고 있었다.

햇살이 눈 부실만큼 날이 좋았다. 동생이 언니와 걷다가 놀이터 옆을 지날 때 멀쩡한 벤치들을 놔두고 반 토막 난 벤치로 향했다.

"왜 다른 벤치들 놔두고 거길 앉아?"

대답하지 않는 동생을 언니가 의아하게 바라봤다.

"나 여기 매일 앉아 있어."

"그니깐 멀쩡한 벤치 놔두고 왜⋯."

"꼭 나 같잖아."

언니가 갸우뚱했다.

"반 토막 난 게 꼭 내 마음 같아."

언니는 입을 다물었다. 아니, 다물 수밖에 없었다. 씁쓸하게 콧바람을 내뿜으며 동생의 시선을 따라가 봤다.

"뭘 보는 거야?"

"저기 애들."

공원 놀이터에서 아이들이 왁자지껄 뛰놀고 있었다.

"예쁘다, 정말."

"애들이니까 예쁘지."

언니가 미소 지으며 말했다.

"언니."

"응?"

"미안해."

"뭐가 미안해."

동생의 등을 진선이 어루만졌다.

"조금만 지나면 다 괜찮아질 거야."

언니는 뭐가 괜찮아져야 하는지 몰랐지만 정말 모든 게 그저 예전으로 돌아오기만을 바랐다.

무당이 옛 기억에 빠진 듯 눈가가 촉촉이 젖어있었다.

"진애 인생도 참 기구하지 않은가? 전생에 뭔 죄를 그리도 지었는지…."

무당이 눈가에 묻은 눈물을 훔쳐냈다.

"결국, 그날 진애의 지울 수 없는 상처를 난 알게 됐지."

진우가 상체를 앞으로 기울였다.

"아이를, 보냈다고 하더군."

누나는 어렸고 키울 능력이 없었을 것이다.

"미국에 입양을 보냈나요?"

어림짐작으로 한 말이었다.

무당이 감정의 동요도 없는 눈으로 가만히 진우를 지켜봤다.

"전 세아가 그 아이는 아닐까 생각했었습니다. 그때 그 아이 사실, 저희 형의 아이일 수도 있어서."

무당에게 새로운 정보를 알려주려는 듯 조심스레 입을 뗐다.

"혹시 그 아이에 대한 행방은 모르십니까?"

그녀는 여전히 동요 없는 눈동자였다.

"보냈다는 표현이 그렇게 들렸나?"

"네?"

"보냈다는 표현이 그렇게도 들릴 수 있군."

무당이 쩝 소리를 냈다.

"진애가 반 토막 난 벤치에 앉은 그날, 뛰노는 아이들을 보며 펑펑 눈물을 흘리더군."

왠지 모를 화끈함이 가슴속에 솟구쳤다.

"진애가 그러더군."

그녀가 눈을 마주했다.

"한국에서 아이를 보냈다고…."

왠지 다음 말이 나오지 않길 바랐다. 진우의 본능이 그녀의 말을
거부하고 있었다.

짧은 시간이었지만 무거운 억겁을 뚫고 무당이 입을 뗐다.

"제 손으로 아이를 죽였다고 하더군."

편지

진우야, 얼마 만에 이름 불러보는지 모르겠네.

지금 이 글을 보고 있다면 아마 너와는 내가 다른 세상에 살고 있겠지?

티브이에 나오는 네 모습 보고 얼마나 놀랐는지 몰라. 네가 잘돼서 정말 좋다.

내가, 근데 많이 아파. 지금도 글 쓰는 게 힘들어서 길게는 못 쓸 거 같아.

잘 지냈지? 어머님도 잘 계시고? 진석이는 그때처럼 아직도 그곳에 있니?

16년 전, 그땐 도망치고 싶었나 봐, 모든 일에서.

그래서 언니가 있던 미국으로 갔었어.

혹시 기억이…, 돌아왔는지 모르겠지만 부탁하고 싶은 게 있어.

진석이가 병원에 입원했을 때 내가 미국에 가지 않았다면 아마

나도 그곳에 같이 입원했을지도 모른다는 생각이 들어. 그땐 정말 그만큼 힘들었거든. 미국에 가기 전 너희 어머니와 한 가지 약속했었어. 그때 일들을 절대 너한테 얘기하지 않겠다고. 그게 모두를 위해서 좋은 거라고. 정말 어쩌면 그게 모두를 위한 일인지도 모르지만, 부탁이 있어.

정말 많이 고민했어. 내가 떠나게 되면 그 일을 할 수 있는 사람이 없거든. 그럼 너무 가슴이 아파….

가끔 아버님이 잠들어 계신 수목원에 갈 때,

아버님 옆에 있는 추모목도 좀 들여다봐 줘.

그곳에 잠들어 있는 게…,

내 아이거든.

무당이 많은 유리관 중 하나를 집어 진우에게 건네준 건 누나의 편지였다. 두루뭉술하게 접힌 리본이 누나의 힘겨움을 말해주는 듯했다.

차 안에서 편지를 눈 가까이에 대보고 멀리 보기를 반복했다. 마지막 문구가 맞게 쓰인 문장인지 확인하고 또 확인했다. 누나가 얼마나 편지를 힘겹게 써 내려갔는지 삐뚤빼뚤한 글씨와 번진 잉크를 보고 알 수 있었다.

아이가 아빠 옆에 있다고?

매년 아빠의 기일이 되면 동평에 있는 수목원에 가곤 했다. 하지만 그 옆에 아이가 잠들어 있으리라곤 생각도 못 했다.

간헐적으로 오던 두통이 뒷골부터 발끝까지 전해졌다.

"아."

짧은 신음을 내며 시트를 젖혀 몸을 눕혔다.

내가 지금 뭘 할 수 있을까?

엄마에게 전화해 진실을 요구해야 했다.

휴대전화를 꺼내 엄마의 번호를 눌렀지만, 전화는 꺼져 있었다.

무슨 일이 있었던 걸까?

내가 기억하지 못하는 일이 대체 뭘까?

의심

우태가 아버지와 전화를 하다가 급한 부름에 한달음에 회사로 달려왔다. 그가 진우네 떡볶이라고 광고 문구가 붙은 흰색 SUV에서 내려 서둘러 계단을 올랐다.

"그래서 진우가 어딜 다닌다고?"

사무실에 들어서자마자 아버지가 문도 닫지 않은 우태에게 물었다.

"기억 교정센터라는 데래요."

"또 그런 곳을 어찌 알고…."

우태 아버지가 집게손가락으로 콧잔등을 매만졌다. 그사이 우태도 소파에 앉았다.

"최면… 같은 걸 하나 보더라고요."

"진우가 기억을 되찾으면 버티지 못할 거다, 그 과거를."

"자기 아빠가 뺑소니로 죽는 걸 목격했다고 해도 이제 나이도 먹었는데 괜찮지 않을까요?"

우태가 아버지의 행동이 이해되지 않는다는 듯 말했다.

"사람마다 담을 수 있는 그릇이 다르지 않겠니. 스스로 기억을 지운 건 그 기억을 받아들일 만한 그릇이 아니란 것이겠지."

"…그래도 이미 16년이나 지났는데…"

"가만 놔두면 괜찮을 일을 굳이 들춰내서 상황을 악화시킬 필요 없지 않겠니?"

우태가 입을 삐죽 내밀고 미간을 좁혔다.

"어차피 고모부도 진우가 기억을 되찾는 건 거의 불가능하다고 하셨잖아요. 이렇게까지 걱정하시는 게 좀…."

"만에 하나라는 게 있는 거다. 대비를 해둬서 나쁠 건 없겠지."

그가 콧바람을 내뿜었다.

"근데, 아버지."

우태 아버지가 손을 떼고 우태를 바라봤다.

"왜 그렇게 진우 기억에 집착하시는지?"

"네 친구 아니냐. 또 우리 회사 창업주였던 사람의 아들이기도 하고…."

흐려진 말끝에 한 마디를 덧붙였다.

"진우는 내 마음의 빚이다."

"빚이요?"

"내가 16년 전, 이 회사를 인수할 때 마음이 편치만은 않았었다."

"그거야 진우 어머니께 분할 상환이긴 했어도 인수 비용을 다 드렸잖아요."

"돈으로는 끝내지 못할 관계라는 게 있는 것이다."

우태가 시종일관 고개를 갸웃댔다.

"넌 진우의 동태나 잘 살피고 있거라."

오해의 시작

집으로 돌아온 진우는 새벽부터 온몸을 누르는 가위 때문에 고통에 허덕였다. 밤새 대체 몇 번을 반복했는지 모를 만큼 다시 눈을 감는 게 두려웠다.

"진우 씨, 119라도 부를까?"

아침부터 부리나케 달려와 진우를 간호 중인 혜원이 말했다.

"아니."

"왜 이렇게 고집부려. 이러다 죽겠어, 정말."

눈조차 제대로 뜨고 있을 힘이 없었지만, 병원에 가서 해결될 일이 아닌 걸 알고 있었다.

"몸 상태가 이렇게 엉망인데 병원이라도 가야 할 거 아니야."

그녀의 얼굴이 걱정으로 가득했다.

"좀 쉬면 괜찮아질 거야."

진우가 누워 얼굴을 찡그리다가 신음을 뱉고는 혜원에게 말했다.

"저기, 파일 안에 명함 좀… 꺼내줄래?"

진우의 손가락이 벽시계 밑 책상을 가리켰다.

그녀가 의아한 얼굴로 주춤주춤 책상으로 걸어갔다.

"이거?"

"응. 전화해서, 나 좀 바꿔줘."

진우가 핏기 없는 마른 입술을 간신히 벌렸다.

"박사님, 저… 유진우입니다."

혜원이 스피커폰을 켰다.

"아, 진우 씨. 안 그래도 전화해보려던 참이었어요."

"죄송하지만, 오늘 교정은 힘들 것…."

"혹시 어디 아프신 거예요? 밤새 못 주무셨나요?"

단박에 상황을 알아차린 오 박사가 말투를 바꿔 말했다.

"…그걸 어떻게…."

"혹시나 했는데, 제가 그곳으로 가도 괜찮습니까?"

"그래 주시면 저야 너무 감사…."

진우가 힘겨워했다.

"진우 씨?"

"안녕하세요. 전 진우 씨 와이프 될 사람인데 의사 선생님이신
가요?"

혜원이 끼어들었다.

"네. 정신건강의학과 전문의입니다."

"병원에 가자고 해도 요지부동이고 땀을 너무 많이 흘리는데 어떡하면 좋죠?"

"일단 제가 갈 때까지 손수건으로 얼굴과 몸을 좀 닦아주세요."

"그것만 하면 되나요?"

"지금은 그렇습니다. 주소 좀 문자로 찍어주십시오."

전화를 끊으려던 오 박사가 다시 말했다.

"혹시 어제저녁, 평소와 다른 일을 겪은 게 있습니까?"

"…잘 모르겠어요."

"곧 찾아뵙겠습니다, 그럼."

전화를 끊은 혜원의 얼굴이 의문투성이였다.

"나중에, 다… 설명할…게."

진우는 그대로 눈을 감고 무의식의 경계로 넘어가며 현실에서 멀어졌다.

"아빠!"

빙판길을 급하게 뛰던 아빠가 골목 가로등 밑에서 진우를 돌아봤다.

끼익!

갑자기 튀어나온 트럭에 치인 아빠가 어둠 속으로 사라졌다.

"아빠!"

순간적으로 아빠를 부르짖으며 달려가려 했지만, 다리가 움직이지 않았다.

이건 왜 이런 거야!

베이지색 면바지가 피로 흥건했다.

움직이지 않는 왼쪽 다리를 바닥에 질질 끌며 걸었다. 하지만 문제가 다리에만 있는 게 아닌 걸 곧 깨달았다.

왼쪽 중지 끝으로 핏방울이 뚝뚝 떨어졌다.

어깨에 통증은 없었지만, 점퍼에 있어야 할 충전재가 사라지고 어깨를 훤히 드러냈다.

"아빠!"

가로등 주변에 도착한 진우가 아빠의 목덜미를 안았다.

"일어나!"

목덜미를 안고 있던 손으로 온기가 전해졌다. 자신의 피가 아니었다.

"안 돼!"

탁, 탁.

"아빠!"

어둠을 뚫고 트럭에서 내린 누군가 뛰어오며 진우 맞은편으로 미끄러지며 외쳤다.

"형?"

진우의 얼굴이 못 볼 걸 본 얼굴이었다.

"아빠 좀 잡아 봐, 빨리!"

얼이 빠진 진우에게 진석이 소리쳤다. 형이 아빠를 업으려 안간힘을 썼다.

"형…."

"유진우! 정신 차려!"

"…."

진우가 여전히 얼이 빠져 진석을 바라봤다.

"정신 차려, 임마!"

"내 등에 업혀라, 진석아."

차에서 내린 또 한 사람…, 우태 아버지였다.

"아기가…."

"뭐?"

진석이 그제야 진우를 바라봤다. 진우의 손가락이 아빠 옆에 떨어져 있는 담요를 가리켰다.

"어떻게 된 거야?"

진석이 담요를 들췄다. 안엔 아이가 잠들어 있었다. 이미 알아보기 힘들 정도의 피투성이인 상태로.

"사고가…."

진석이 아빠를 놓치며 바닥에 그대로 주저앉았다.

절대 잊지 못할, 두 형제에게 닥친 최악의 날이었다.

"정신 좀 들어?"

진우가 침대에서 눈을 뜨고 오 박사와 혜원을 번갈아 봤다.

"어떻게?"

"진우 씨 상태를 보고 가수면 상태에서 어쩔 수 없이 최면을 진행했습니다."

"그럼 제가 지금 본 것들은?"

"잊고 있던 기억의 한 부분일 겁니다."

아빠….

"아마 센터에 다녀가신 어제 이후로 뭔가 기억에 쇼크를 줬을 겁니다. 그 쇼크가 막혀있던 통로를 열었을 것이고 방어기제는 다시 그 통로를 막으려고 했을 겁니다."

편지 때문인가?

"일단 통로가 완전히 열렸으니 통증은 잠잠해질 겁니다."

잠옷을 축축하게 만들던 땀구멍들이 막힌 듯 어느새 잠옷이 말라가고 있었다.

"20여 년 동안 이 분야에 있으면서 진우 씨 같은 케이스는 이론으로만 봤지, 눈으로 본 건 처음이라 걱정이 많았습니다."

무의식 안에서 주도적으로 움직이던 누나에 대해 말하는 듯했다.

"진우 씨, 이제 괜찮아?"

혜원이 걱정 가득한 얼굴로 진우의 머리칼을 매만졌다.

"미안. 맨날 걱정만 시키네."

공기가 서먹했다.

"일단 오늘을 지내는 데는 문제가 없을 겁니다."

"감사합니다."

진우가 답했다.

"약을 놓고 갈 테니 주무시기 전에 드십시오, 수면에 도움이 될 겁니다. 그리고⋯."

오 박사가 말을 끊었다가 다시 이었다.

"내일 일정을 비우시더라도 꼭 센터로 나오셔야 합니다."

혜원이 옆에서 손을 입에 올리며 박사를 바라봤다.

"왜요? 무슨 일이 또 터지는 건가요?"

"그런 건 아니고 오늘이 지나면 정리되지 않은 기억들이 무작정 기억 속을 떠돌아다니게 될 겁니다. 진우 씨에게 결코 좋은 일이 아니죠."

그녀의 얼굴이 사색이 되었다.

"너무 걱정은 마십시오. 센터에서 그 기억을 정리하고 교정하면 해결될 문제입니다."

"교, 교정이요?"

오 박사의 시선이 진우에게로 향했다.

진우가 혜원의 어깨를 잡으며 고개를 끄덕였다.

"전 이만 돌아가 보겠습니다. 내일 뵙도록 하죠."

오 박사가 일어나자 혜원도 따라 일어섰다.

뺑소니범이 우태 아버지였다니… 형은 대체 왜 그 차에 타 있던 거지?

형이 콘크리트에 자신을 가두고 16년이나 침묵을 지키고 있는 게 조금은 이해됐다.

현실이라는 지옥보단 어쩌면 그게 나은 선택일지도 몰랐다.

각자의 진실

소유에 집착하는 사람에게,

기적은 머물고 싶어 하지 않는다.

진우는 밤새 뜬눈으로 기억의 발자취를 좇았다. 하지만 아무리 쥐어짜 봐도 진도가 나아가질 못했다.

방구석에 누워 궁리해 봐야 답이 나올 리 없어.

창밖에 비쳐오는 해를 보자 서둘러 키를 챙겨 차에 올랐다.

운전대를 잡은 그의 차가 주차장을 빠져나갔다. 자동차가 골목 안으로 들어서자 공장지대와 주택가가 밀집한 오르막이 나타났다. 아빠와 출퇴근을 같이하던 길이었다. 차를 스쳐 가는 그곳 하나하나를 둘러봤다. 철물점, 구멍가게, 세탁소…. 대부분이 그대로였다. 그가 다녔던 초등학교를 지나 좌측으로 핸들을 꺾자 길 끝에 진우의 놀이터였던 공장이 눈에 들어왔다.

'진우네 떡볶이'

어릴 적 회사 이름이 창피해 아빠에게 한동안 삐쳐있던 자신이 생각났다. 옛 간판은 아니었지만 이름은 그대로였다. 왠지 자신의 추억에 구멍이라도 난 것처럼 마음 한구석이 허전했다.

똑똑.

차를 세워두고 상념에 잠긴 그를 누군가 깨웠다.

"어떻게 오셨죠?"

창을 내리자 경비원이 말했다.

"대표님 좀 만나 뵈러 왔습니다."

"여긴 직원 전용이라, 건물 옆 방문객 주차장으로 이동 부탁드립니다."

주변을 둘러보자 진우의 승용차 빼곤 모두가 진우네 떡볶이라고 쓰인 트럭들뿐이었다. 경비원의 말에 따라 한 번도 본 적 없던 방문객 주차장으로 차를 이동시켰다.

"너 진우 아니냐?"

건물 앞으로 다시 걸음을 옮긴 진우에게 누군가 말을 걸어왔다.

왕 아저씨였다.

"우태 만나러 왔니?"

"아뇨. 우태 아버지 좀 뵈러요."

그의 표정이 일순간 일그러졌다.

"혹시 무슨 일인지 물어도 되겠니?"

너무 깊게 들어온 질문에 마음이 불편했다.

"여쭤볼 게 좀 있어서요."

"혹시…."

그가 침을 꿀꺽 삼켰다.

"옛일에 관해 물을 거라면 그러지 않는 게 좋을 거 같구나…. 사모님도 좋아하지 않으실 거고."

"네?"

진우가 바로 되받아치며 말했다.

"제가 옛일을 물어볼 걸 어떻게 아셨어요? 아저씨도 아빠가 우태 아버지 차에 돌아가신 걸 알고 계셨던 거예요?"

그의 눈이 휘둥그레지며 입술을 꾹 물었다.

"아저씨!"

진우의 언성이 높아지자 왕 아저씨가 고개를 돌렸다.

"나는 아무것도 말해줄 수 없다."

그가 흔들리는 눈동자를 남기며 재빨리 등을 보였다.

분명 나만 모르는 무슨 일이 있었던 거야.

진우는 건물 옆 2층으로 이어진 익숙한 철제계단을 올랐다. 그 계단조차 아빠의 흔적이었다. 문손잡이를 잡자 건너편에서 아빠가 활짝 웃으며 자신을 반길 것 같았다.

"어떻게 오셨어요?"

여직원이었다.

"대표님 좀 뵈러 왔는데요."

"아, 누구시라고 전해드릴까요?"

"유진우라고 말씀해 주세요."

여직원은 잠시만 기다려달라고 말한 뒤 안에 있는 또 다른 문으로 들어갔다.

"진우 네가 여기까지 어쩐 일이냐?"

우태 아버지가 문을 열고 나와 진우를 맞았다.

"미스 김, 커피 두 잔만 내와요."

문 안으로 들어서자 크리스털로 장식된 반짝이는 장이 바로 눈앞에 보였다. 그가 고급스러운 갈색 가죽 소파를 가리켰다.

"앉아라."

우태 아버지가 일인용 소파에 앉았다.

"우리 이게 얼마 만이냐."

우태 아버지가 깍지를 끼며 꼰 다리에 손을 올렸다.

"우태에게 들으니 요즘 꽤 학원가에서 잘 나간다지?"

"그냥 학원 홍보하는 일인데요, 뭘."

두 사람 사이에 어색한 공기가 흐를 무렵 여직원이 커피를 내왔다.

"그나저나 정말 여까진 어쩐 일이냐?"

그가 궁금증을 참지 못했는지 먼저 입을 열었다.

"…아버지에 대해 좀 여쭤보고 싶어서요."

그의 한쪽 눈 밑에서 작은 경련이 일었다.

"어떤 거 말이냐?"

"아빠가 교통사고 나던 날 말인데요."

직설적인 화두를 던지자 이번엔 양쪽 눈 밑에서 경련이 크게 일었다.

"아직도 범인이 안 잡혔으니 네 마음이 오죽하겠니."

그가 진우를 바라보며 뱀처럼 눈을 가늘게 떴다.

"저 다 기억났어요, 아저씨."

새어 나오는 그의 헉 소리를 포착했다.

"그날 차에서 아저씨와 형이 내린 것도 다 기억났어요."

소파에 몸을 묻었던 그가 자세를 재빠르게 고쳐 앉았다.

"말씀해 주세요. 정말 아저씨가 뺑소니범인지, 형은 왜 그 차에 타고 있었는지."

진우가 최대한 냉정을 지키며 말했다.

"하…."

관자놀이에 손을 얹은 그가 숨을 내쉬었다.

"사모님이 원치 않으실 텐데…."

"엄마요?"

그가 답하지 않고 먼 산을 보듯 막힌 천장을 바라봤다.

"엄마와는 상관없는 일이에요. 전 아빠가 왜 돌아가셨는지 알아야겠어요."

수 초 후, 그가 옆에 있던 수화기를 들고 버튼을 눌렀다.

"다음 스케줄 30분만 미루지."

입맛을 다시며 그가 짧은 한숨을 계속해서 내뱉었다.

"사모님은 네 기억이 돌아온 걸 알고 계시니?"

"엄만 아직 몰라요. 연락도 안 되고."

"어디까지 기억이 난 거니?"

"부분부분 빠져있지만, 아저씨가 채워주셨으면 좋겠어요."

그가 미세하게 고개를 두어 번 끄덕였다.

"알고 계신 모든 걸 말씀해 주세요. 부탁드립니다."

진우의 말투가 그 어느 때보다 단호했다.

"네 말대로 내가 진석이와 차에서 내린 건 맞다. 사장님을 차로 친 것도 맞고. 문제가 된 건 그 차를 운전한 게 진석이였다는 사실이지."

"네?! 그게 무슨 말씀이에요? 면허도 없는 형이 왜?"

"네가 기억할지 모르겠다만 진석이는 당시 돈을 벌고 싶어 했다. 면허를 따서 회사에서 납품 일이라도 하길 바랐었지."

그의 눈이 회상에 젖어 들었다.

"일을 끝내고 왕 씨와 막걸리를 한잔하고 있을 때 어김없이 진석이에게 전화가 왔단다. 진석이를 대폿집으로 오라고 한 뒤 걱정하실 사장님께 전화를 드렸을 때 무슨 일이 생겼단 걸 알았단다."

그가 테이블 위에 놓인 커피를 홀짝였다.

"다급한 사장님 목소리에 서둘러 주차해두었던 트럭으로 향했고 뒤따라온 진석이가 키를 낚아채더니 운전석에 앉더구나."

"왜죠?"

"내가 술을 많이 마셨다고."

그가 한숨을 보탰다.

"면허고 뭐고 따질 겨를도 없이 너희 집으로 향했었다. 거의 도
착할 무렵 지름길이라며 진석이가 골목길로 핸들을 꺾었고 그곳엔
끝도 없는 빙판길이 있었지…."

그가 두 눈을 감았다.

"그다음은 네가 알고 있는 대로일 거고."

"엄마는 제게 왜 거짓말을 한 거죠?"

진우가 떠오른 의구심을 곧바로 드러냈다.

"사장님 장례가 끝나고 사모님은 기억을 잃은 네가 이 일을 몰
랐으면 한다며 내게 부탁하셨다. 아마 사장님의 죽음을 본 너의 고
통을 덜어주고자 했던 사모님의 배려가 아니었겠니?"

진우가 마주했던 눈을 내리며 생각했다.

엄만 그저 형의 범죄를 감추고 싶었던 것뿐이야.

뜻밖의 여인

그날 아빤 아이를 안고 어딜 가고 있던 걸까? 난 왜 아빠를 불렀을까?

진우의 차가 교정센터 주차장에 도착해 차에서 내리려는데 소란이 들려왔다.

"누구 교도소 보낼 일 있어? 당신 자해 공갈단이지?!"

창문을 내리고 앞에서 벌어지는 상황을 지켜봤다.

"야 이 여자야, 차랑 박지도 않았는데 내 차 앞에서 갑자기 왜 쓰러지는 건데?"

바닥에 널브러진 여자의 얼굴이 머리카락에 가려져 보이지 않았다.

"뭐라도 뜯어낼 생각이었으면 사람 잘못 골랐어!"

여자가 귀찮은 듯 날파리 쫓듯 손짓을 했다.

"뭐 하는 짓이지, 지금? 걸리니까 발뺌하려고?"

남자가 허리춤에 양손을 올리고 여자에게 삿대질해가며 열을 올렸다.

"무슨 일이세요?"

진우가 차에서 내려 그들에게 다가갔다.

"뭐요?"

"혹시 센터에서 임상 중인 분인가요?"

무릎을 굽혀 여자만 들을 수 있을 만한 목소리로 말하자 그녀가 고개를 희미하게 아래위로 움직였다.

"이분은 지금 환자입니다."

시험자들에게 간혹 나타났다던 부작용이 생각난 진우가 말했다.

"환자는 무슨 환자!"

"자세한 건 설명해 드리기 어렵고 이분에겐 지금 휴식이 필요합니다."

"뭔 개소리야! 당신도 한패지?"

"그런 게 아니라, 일단 노여움 좀 푸시죠."

"아, 그럼 사과를 먼저 해야 할 것 아니야!"

"이분이 지금 말을 제대로 못 하시니 제가 대신 사과드리겠습니다."

"당신이 뭔데 사과를 해? 야 이 여자야! 너 나한테 돈 뜯어내려던 거지?"

난감했다. 남자가 물러설 기미를 전혀 보이지 않았다.

"무슨 일이십니까?"

보안요원이 현관문을 열고 나왔다.

"아, 마침 잘 왔네. 경찰서에 전화 좀 넣어주쇼. 살다살다 내 별 꼴을!"

남자가 보안요원이 나오자 더 흥분해 그에게 상황을 떠들어댔다.

"괜찮으세요?"

바닥에 한쪽 무릎을 다시 굽힌 진우가 말했다.

"하…."

앉아 있는 것조차 힘에 부치는지 여자가 흐느적거리며 숨을 깊게 내쉬며 일어서려 했다.

"죄송… 해요."

진우의 부축을 받으며 여자가 일어섰다.

"이봐, 사과를 하려면 똑바로 해야 할 것 아니야!"

"지금 상태가 이러니 이쯤 하시는 게 어떠시겠습니까?"

진우가 말했다.

"내가 그딴 거까지 신경 써야 해? 난 피해자라고, 피해자!"

발광하는 남자를 보안요원이 말리는 사이 여자를 부축하며 현관 앞 흡연구역 의자로 향했다.

"센터에 다시 가셔서 좀 더 쉬시는 게 낫지 않을까요?"

여자를 앉혀놓고 진우가 말했다.

"제가 좀… 급한 일이 있어서요."

"그래도 먼저 쉬는 게 나으실 거 같은데…."

여자가 헝클어졌던 머리를 쓸어 넘기며 진우와 눈을 마주했다.

"어딜 가는 거야!"

그가 두 사람을 향해 소리쳤다.

"아까 말씀을 드렸듯이 저분은 환자입니다."

남자에게 되돌아온 진우가 말했다.

"아 무슨 환자, 글쎄!"

"자세한 건 말씀드릴 수 없지만, 저분은 환자가 맞습니다."

보안요원이 진우를 거들었다.

"그래? 뭐 그건 그렇다 치고! 환자를 왜 마음대로 나다니게 해서 나한테 피해를 주는 건데?!"

"무슨 피해를?"

"여기 찌그러진 거 안 보여? 이게 얼마짜린 줄이나 알아?"

남자가 자신의 차량 앞 범퍼를 손가락으로 가리켰다. 십여 년 전쯤 돈깨나 있는 사람들이 탔을 법한 철 지난 검은색 세단이었다.

"당신이 저 여자 대신 변상할 거요?"

"이게 사람이랑 부딪힌다고 이만큼이나 찌그러지나요?"

진우가 불신의 표정으로 말했다.

정말 진우의 말처럼 차 범퍼 운전석 부근이 아주 깊게 들어가 있었다.

"원래 없던 건데 지금 보니까 생긴 거 아니야!"

남자의 눈동자가 갈피를 잃으며 소리쳤다.

"그럼 CCTV 확인해 보고 부딪혔으면 제대로 변상해 드리겠습니다."

"아 무슨 CCTV야! 저 여자 때문에 그런 거라니까!"

"만약 여자분 때문에 그런 게 아니라면 그 후에 생길 일은 감당하셔야 할 겁니다."

진우의 단호한 말에 남자가 움찔했다.

"무슨 감당?"

"사기죄에 공갈협박죄겠죠."

진우가 표정 하나 변하지 않고 그의 눈동자를 마주했다.

"나 참, 어이가 없네."

남자가 손바닥으로 얼굴에 부채질을 시작했다.

"근데 이거 딱 봐도 파란색 트럭에 찍힌 거 같은데…."

보안요원이 범퍼를 손톱으로 살살 긁으며 말했다. 남자가 눈치를 보더니 슬그머니 게걸음으로 움직였다.

"니들 운 좋은 줄 알아, 다른 사람 같았으면 나처럼 그냥 안 넘어가!"

운전석 문을 열며 그가 말했다.

진짜 자해공갈범은 당신이야, 이 썩어빠진 작자야.

남자가 시동을 걸어 쏜살같이 주차장을 빠져나갔다.

전하고 싶은 말

'D-71, 한 여자의 듬직한 남편, 두 아이의 좋은 아빠. 이곳에 잠 들다.'

아빠 나무 앞, 묘비에 새겨진 글귀였다.

"여보, 진석이는 못 왔어요. 우리 진석이 하루빨리 일상생활 할 수 있게 도와줘요, 당신이."

진우의 엄마가 시뻘게진 코를 손수건으로 훔쳤다.

"손주도 잘 챙기고⋯."

엄마가 조그만 소리로 말을 끝맺으며 옆에 있는 작은 추모목으로 시선을 돌렸다. 그곳에 호빵 누나가 영혼이 빠져나간 사람처럼 서 있었다.

"이 추모목과 함께 고인은 자연으로 돌아가셨으니 언제 어디서 든 여러분과 함께 계신 겁니다. 수고들 하셨습니다."

수목원 직원이 삽을 든 채 고개를 숙였다.

"사모님, 이제 그만 내려가셔야죠. 우리가 가야 사장님도 쉬십니다."

직원이 떠나가는 모습을 보며 우태 아버지가 엄마에게 말했다.

"여보, 나 그만 갈게."

엄마가 등을 보이며 우태 아버지와 왕 아저씨의 부축을 받으며 앞서 걸었다.

"진우야, 너도 그만 가자."

우태가 진우 어깨에 손을 올렸다.

그런데 이상했다. 일행의 뒤를 따라 걸었지만, 그들과 계속해서 멀어지고만 있었다.

뭐지?

고개를 내리자 컨베이어 벨트를 반대로 걷는 것처럼 땅이 움직이고 있었다. 앞서가던 사람들도 온데간데없이 사라진 상태였다.

척.

어깨 위에 뭔가 올려졌다.

뒤를 돌아보니 누나가 지난번 그 시뻘건 눈을 하고 서 있었다.

"누나. 무슨 말이 하고 싶은 거야?"

입을 열었지만, 아무것도 들리지 않았다.

"누나!"

역시 입만 뻥끗했다.

"진우 씨! 정신 바짝 차리세요! 딱딱 소리가 들리면 땅에서 두

발이 떨어지고 하늘로 솟을 겁니다!"

어디선가 오 박사의 음성이 들려왔다.

그 음성을 누나도 들었는지 진우의 옷이 구겨질 만큼 더욱 쎄게 어깨를 움켜쥐었다.

딱딱!

다리가 서서히 땅에서 떨어지고 있었지만, 누나의 두 눈은 변함이 없었다. 그 눈에 어떤 메시지가 담긴 듯했다.

"말을 해야 알지."

그녀의 시뻘건 눈망울의 의미를 읽을 수가 없었다.

"어?"

어느새 진우의 몸이 거꾸로 된 풍경을 맞이했다. 어깨를 꽉 잡은 누나 때문이었다.

딱딱!

오 박사의 신호가 그 세상에 울려 퍼졌다.

"제발 놔줘, 누나."

그의 말을 알아들은 걸까. 이를 한번 악물더니 누나가 잡고 있던 손을 놓았다. 그리곤 그 손으로 앞에 있는 나무를 똑바로 가리켰다.

거꾸로 된 몸으로 하늘과 가까워지고 있었지만, 누나의 눈빛은 바로 앞에서 보는 것처럼 생생했다.

무슨 말이 하고 싶은 거야, 대체.

진우가 교정기에서 거친 숨을 몰아쉬었다.

"괜찮으세요?"

스피커에서 오 박사의 목소리가 들려왔다.

"하아."

"지난번에 진우 씨를 놓아주지 않던 그 누나란 분이죠?"

"…네."

오 박사는 유리벽 건너편에서 구불구불 꼬인 수십 개의 평평한 미로를 겹쳐놓고 보고 있었다.

"제가 지금 보고 있는 화면에서 그때와 같은 모양, 색깔, 파장이 나타났어요. 이 지점을 교정 포인트로 삼겠습니다."

그의 뒤로 연구원들이 바쁘게 뭔가를 표시했다.

"누나가 저한테 뭔가를 말하고 있는 거 같아요."

"네?"

"분명 무슨 말이 하고 싶은 거예요."

"그게 무슨 말이죠?"

그가 고개를 바쁘게 움직였다.

"16년 전, 아빠를 수목원에 모신 날 누나도 함께였어요. 왜 잊고 있었을까요…. 아이와 누나만 쏙 빼고…."

진우는 교정기 안에서 혼잣말을 멈추지 않았다.

"그곳에 가봐야겠어요. 아이가 잠들어 있는 수목원으로."

4장

이기적인
기억

악마는,
우리가 이성을 잃고 감정 경계를 무너뜨린 순간,
순식간에 입으로 들어와 그 삶을 무너뜨린다.

결심의 방향

고속도로 위 수많은 자동차 위로 헬리캠이 위반 차량을 잡아내기 위해 렌즈를 이리저리 옮겨대고 있었다.

부아앙.

그걸 아는지 모르는지 트럭 한 대가 하이패스 요금소 구간을 빠른 속도로 통과했다.

지잉.

헬리캠이 곧 트럭을 줌인했다. 요금소 구간을 빠져나온 트럭이 막혀있는 차들을 피해 갓길로 차로를 바꿨다. 영상은 상황실로 고스란히 전송됐고 커다란 화면엔 트럭 옆에 붙은 글자가 나타났다.

진우네 떡볶이.

트럭은 속도를 줄이지 않고 계속해서 질주했다. 상황실에서 출동 지시를 받은 근처에 있던 순찰대가 사이렌을 요란하게 울리며 잽싸게 트럭 뒤로 따라붙었다.

"3987! 정차하세요!"

경찰차 스피커에서 위압적인 소리가 흘러나왔다.

"3987! 정차하시라고요!"

경찰이 사이렌 볼륨을 최대치로 높였다. 잠깐 트럭에서 브레이크 등이 들어왔지만 그새 꺼졌고 차는 계속해서 달렸다.

"차에 문제가 있으면 왼손을 창밖으로 내미세요."

트럭은 손을 내밀지 않고 중력으로 달리면서 속도를 최대한 줄이는 듯했다.

사사삭.

속도를 줄인 트럭이 경계석에 바퀴를 긁으며 멈춰섰다.

"선생님, 차에 뭐 문제 있으십니까?"

차에서 내린 경찰이 트럭의 차창을 두드렸다.

"혹시 술 드셨어요?"

트럭에서 내린 남자에게 의심스러운 눈초리로 경찰이 물었다.

"아니요."

"술도 안 드셨는데 운전을 왜 그렇게 하셨어요."

"좀 피곤해서 졸았나 보네요."

"아이고, 여기 휠 다 긁혔네."

경찰관이 혀를 찼다.

"일단 사고가 났으니 음주 측정을 하는 게 절차라 협조 부탁드립니다."

뒤에서 따라온 다른 경찰관이 측정기를 남자에게 들이밀었다.

삑.

측정기에서 녹색 등이 들어오며 신호음이 짧게 울렸다.

"그렇게 빨리 달리다 졸면 큰 사고 나요."

"죄송합니다."

남자가 기계적으로 말했다.

"뭐 다른 문제 있으신 건 아니시죠?"

"네. 없습니다."

"휴게소까지 나갈 견인차 불러드려요?"

"아닙니다. 휠만 좀 긁혔지 차는 멀쩡합니다."

남자가 대충 손을 들어 자동차를 가리켰다.

"저 앞에 졸음쉼터 있으니까 좀 쉬다 가세요."

"예."

"갓길 위반은 하셨으니까 면허증 좀 제시해주시죠."

남자가 지갑에서 면허증을 꺼내 경찰관에게 건넸다.

왕대한, 640811-1….

경찰관이 띡띡 소리를 내며 기계에 번호를 입력하자 규칙을 어긴 사람에게만 부과되는 세금이 빠져나왔다.

"선생님 꼭 졸음쉼터 가세요."

경찰차가 자리를 떠나자 남자가 다시 트럭에 올랐다.

"대표님, 접니다. 죄송한데 고속도로에서 사고가 나서…."

핸드폰을 받은 그가 말했다.

"일을 대체 왜 그따위로 하는 거야, 넌!"

저편에서 고성이 터져나오자 남자의 표정이 일그러졌다.

"어딘데, 지금?!"

"호남 요금소 부근입니다."

"호남이면 두 시간은 더 가야 하는데! 너한테 일을 맡기는 게 아니었는데, 으휴!"

"죄송합니다…."

"차가 망가졌으면 택시라도 타고 가란 말이야!"

뚝.

그의 꽉 움켜쥔 핸드폰이 부들부들 떨고 있었다.

"그래, 간다, 가!"

운전대가 부서져라 쾅쾅 치며 그가 말했다.

방문자들

　해가 뉘엿뉘엿 져갈 때쯤 수목원 정문으로 들어온 진우의 차가 뱀처럼 구불거리는 길을 올랐다.

　길가에 세워진 트럭 뒤에 대충 주차하고 아빠 추모목이 있는 부근을 바라봤다. 추모목에 보온재를 씌우는 작업자 두 사람이 보였다.

　통나무 계단을 오르며 추모목에 점점 가까워졌다.

　D-71. 아빠가 사는 번지수였다. 그리고 단 한 번도 관심을 두지 않던 나무가 4, 5미터 옆에 바로 서 있었다.

　D-72….

　누나가 분명하게 손가락으로 가리켰던 추모목이었다.

　가까이 다가가 나무에 손바닥을 대자 나무껍질에서 냉기가 전해졌다.

　뭉클한 마음이 들었다.

얼굴도 기억나지 않는 조카라니….

누나가 말하는 게 뭘까? 누나는 그저 이 나무를 돌봐달라는 게 아닐 거야.

단지 그 바람뿐이라면 그런 악에 받친 눈을 했을 리가 없어.

진실에 가까워지고 있었지만 아는 정보가 너무나 빈약했다. 기억교정을 한다 해도 누나의 메시지를 읽는 건 불가능했다.

"아닌 거 같은데?"

올라올 때 봤던 작업자 두 사람이 진우 쪽으로 걸어왔다.

"아닌가?"

"봐봐. 그놈은 퍼런 옷이었고 이 아저씨는 깜장색이잖어."

"여그 앞잉께 난 또 그놈인 줄 알았재."

진우가 어리둥절한 눈으로 그들을 지켜봤다.

"아저씨, 여기 문 닫아야 하니께 언능 내려가슈."

'산림 보호'라고 쓰인 조끼를 입은 남자가 말했다.

"그리고 고인한테 날린답시고 뭐 태우지 마쇼. 지금 불 허벌라게 잘 번지는 날씨잉께."

"네?"

"여그서 뭐 태우지 마시라고. 저 밑에 내려가믄 제단 있으니께 거기서 하슈."

그들이 무슨 말을 하는 건지 영문을 몰랐다.

"하이튼간 산불이라도 나믄 우짤라고 여그서 뭘 태우고들 지랄

이여."

두 사람이 진우를 뒤로하고 통나무 계단으로 향했다.

"잠시만요!"

두 사람을 불러 세웠다.

"혹시 저 앞에서 누가 뭘 태웠나요?"

그들이 서로를 번갈아 봤다.

"아까 두 분 하시는 말씀 중에 퍼런 옷 입은 놈 뭐라고 하신 것 같아서요."

"뭐 그런 놈들 가끔 있소."

"제가 알기론 여기 D라인은 아직 모시지 않은 추모목이 많다고 알고 있는데요."

"맞아요. 여기 71부터 74까지가 끝이여."

그가 들고 있던 삽으로 방향을 가리켰다.

71부터 74까지 10여 미터밖에 안 될 텐데?

진우가 머리를 갸우뚱했다.

"뭘 태웠다던 사람이 이 부근에 있었나요?"

진우가 손가락으로 71과 72 사이를 가리켰다.

"정확히 여그인지는 모르재. 우린 저 밑에 B라인에 있었응께."

"뭐 때문에 그러슈?"

조끼를 입지 않은 남자가 말했다.

"아, 혹시 아는 사람이 왔었나 해서요."

떠오르는 대로 둘러댔다.

"어두워서 잘 안 보였어. 뭐라고 소리치니까 화들짝 놀라더니 냅다 줄행랑치더라고."

"아아."

두 사람이 다시 통나무 계단으로 돌아섰다.

진우도 다시 돌아서 두 추모목을 지켜봤다.

혹시 엄마가?

결국 아무것도 얻지 못하고 돌아가야 하는 걸까?

허탈한 마음으로 발길을 돌리려 할 때 산비탈 때문에 중심을 잃었다.

어?

기우뚱한 몸의 중심을 다시 잡으려 할 때 72와 73 추모목 사이의 흙 속에서 이질적인 뭔가가 눈에 띄었다.

'ㅜ 가조.'

사진인 듯 보이는 뒷면에 쓰인 파란색 글자였다. 불태워진 듯한 사진은 앉아 있는 두 사람의 다리만 어렴풋하게 남고 형체를 잃어 있었다.

사진에서 손을 떼자 거뭇한 그을음이 묻어나왔다.

가족? 뒤에 있는 단어는 쉽게 유추됐다. 하지만 앞의 모음 만으론 한 단어를 특정하기가 어려웠다.

가족을 하늘에서도 잊지 말라는 의미인가?

다시 사진을 그 자리에 되돌려 놓으려 허리를 굽힐 때였다.

파란색?

순간 뭔가가 머리를 빠른 속도로 스쳤다. 다시 뒷면을 뚫어지게 바라봤다.

아는 글씨체와 정말 비슷했다. 비슷한 글씨체는 많아도 파란색을 가지고 글씨를 쓰는 사람이라면….

"잠깐만요!"

진우가 고개를 돌려 밑에 있는 트럭을 향해 소리쳤다.

"아까 그 뭔가를 태웠다는 사람 있잖습니까."

통나무 계단을 순식간에 내려와 트럭 앞에 서 있는 두 사람 앞에서 숨을 고르며 말했다.

"혹시 그 사람 얼굴 보셨습니까?"

"아까 한 소리 못 들었수? 댁은 요기서 저기 사람 얼굴이 분간될 것 같슈?"

남자가 삽으로 한 방향을 가리켰다. 날이 어둑해지니 어떤 추모목이 아빠의 것인지조차 분간하기 힘들었다.

"여자였습니까, 혹시?"

"남자였슈."

조끼를 입지 않은 남자가 무심하게 짐칸에 작업 도구들을 던졌다.

하긴 운전도 못 하는 엄마가 이곳에 오긴 힘들었을 것이다.

빵.

길을 막고 서 있는 진우에게 트럭이 경적을 울렸다. 옆으로 비켜
나자 운전석 창문이 열렸다.

"아, 근디. 그놈이 타고 갔던 차가 좀 특이했어."

엔진 소리에 묻혀 소리가 잘 들리지 않았다.

"예?"

창 쪽으로 가까이 다가갔다.

"차에 뭐가 붙어 있더라고."

"그게 무슨 말씀이신지?"

"차 문짝에 음식 그림 같은 것들이 붙었더라니께."

"차가 트럭이었습니까, 혹시?"

순간 며칠 전, 우태네 회사 앞에서 봤던 트럭들이 떠올랐다.

"아니, 지프차 같은 거였어. 그쟈?"

남자가 조수석을 보며 동의를 구했다.

"문짝에 그림 말고 진 머시라고도 써 있던디."

조수석 남자가 말했다.

진우의 얼굴도 그 말과 함께 굳어졌다.

"암튼 그 양반 아는 사람이걸랑 다시는 산에서 뭐 태우지 말라
고 전하슈."

트럭이 그대로 길게 뻗은 S자 길을 내려갔다.

우태 회사엔 식자재를 납품하는 차들뿐이라 모든 차가 트럭이

었다. 딱 한 대만 빼고.

　진우의 유일한 죽마고우,

　우태의 흰색 SUV였다.

대물림 되는 갈등

"지금 어디냐?"

우태 아버지의 다급한 음성이 핸드폰을 타고 흘렀다.

"지금 대산동 현장에서 사무실로 들어가려고요."

"빨리 동평으로 가거라. 네가 해야 할 일이 있다."

"갑자기요?"

"왕 씨한테 일을 하나 맡겼는데 지금 고속도로에서 사고가 났다 는구나."

"그 아저씨 하는 일이 그렇죠, 뭐."

"출장만 아니었어도 내가 직접 처리해야 했는데…."

그의 목소리에서 개탄이 느껴졌다.

"무슨 일이신데요?"

침 삼키는 소리가 스피커에서 들려왔다.

"진우 아버지한테 좀 다녀와라."

"네?"

"가서 추모목 앞에 뭐가 있든지 그걸 없애라."

"무, 무슨 말씀이세요?"

전혀 예상치 못한 말에 말문이 막혔다.

"진우가 기억을 되찾게 해선 안 돼."

우태의 입에서 한숨이 흘러나왔다.

"대체 왜 이렇게까지 하시는 건데요."

"진우가 다니던 곳에서 네 고모부를 통해 연락이 왔다. 진우가 뭔가를 기억해냈고 좀 아까 그곳으로 갔다고."

그가 숨도 쉬지 않고 말했다.

"아버지, 왜 그렇게 진우 기억에 집착하시냐고요."

우태도 욱해 전부터 답답하던 의문을 뿜어냈다.

"절 믿고 말씀해 주셔야 해요."

침묵으로 일관하던 아버지가 한숨을 한 번 내쉬고 입을 열었다.

"잘 듣거라."

그의 음성이 무겁게 깔렸다.

"16년 전, 진우 아버지가 뺑소니로 죽은 날의 얘기다."

우태의 머리털이 곤두섰다.

"그때 넌 진우가 언제 기억을 잃었는지 알 거다."

"장례가 끝나던…, 날이었죠."

"그래. 그때 진우 엄마가 진우가 기억하지 못한다면 굳이 진실을 알려줄 필요가 있느냐고 부탁을 하더구나."

"진실이요?"

"그래, 진실."

침묵이 다시 흘렀다.

"너는 왜 진석이가 지금까지 병원에 입원해 있다고 생각하느냐?"

"그야…, 자기를 데리러 오던 아빠가 그런 참변을 당했으니 죄책감 때문이 아닐까요?"

"…그래, 죄책감이긴 하겠지."

그의 입에서 다음 말이 뭐가 나올지 모르지만, 왠지 모르게 침이 넘어갔다.

"그 죄책감이 자기 아버지를 죽인 죄책감이라면 어떻겠냐."

우태의 턱이 빠질 듯 벌어졌다.

"주, 죽이다뇨? 그럼 진석이 형이 뺑소니범?"

침묵 속의 긍정을 우태는 알아차렸다.

"그곳엔 나도 함께 있었다."

"예?"

눈알이 튀어나오듯 우태의 몸이 반사적으로 앞을 향했다.

"진우도 물론 그 자리에 있었고."

점입가경이었다.

"아니, 어떻게…."

"얼마 전, 진우가 날 찾아왔었다. 그래서 이 이야길 들려줬지만 자세한 내막까진 아직 모른다."

"자세한 내막이요?"

"일단 지금은 말이다, 우태야."

그의 말투에서 다급함이 느껴졌다.

"빨리 그곳에 가서 뭐가 됐든 진우가 못 찾게 해야 한다."

"하…."

한숨이 절로 났다.

"진우가 기억을 찾게 되면 모두에게 좋은 일은 아닐 거다."

우태가 머리를 쓸어 넘겼다.

"그럼 그때 죽은 아이는요?"

"진우 아버지와 같이 차에 치였다. 제정신으로는 진석이도 버틸 수가 없었겠지."

진석이 형이 자신을 정신병원에 가둔 게 조금은 이해됐다.

"빨리 움직여야 하지 않겠니?"

"여기서 쏘면 한 시간 반이면 충분할 거예요."

"너만 믿는다."

"지금 바로 출발할게요."

전화를 끊은 우태는 생각했다. 아버지 혼자 진실을 감당해야 했던 지난날들이 결코 쉽지 않았을 것을. 또 진우에게 왜 그렇게 집착을 보였는지 퍼즐이 대략 맞춰졌다.

자칫하다간 아버지가 공범이 될 수도 있겠단 생각이 들었다.

그의 눈빛에서 살기가 가속페달로 전달됐다.

돌아온 사진

"우리 아버지한텐 왜 온 거냐?"

우태에게 바로 전화를 건 진우가 담담히 말했다.

"내가 거길 왜 가?"

그가 시치미를 뚝 뗐다.

"너 여기 안 왔어?"

"글쎄 내가 거길 왜 가냐고."

"사무실 가서 정문 CCTV 확인하고 다시 전화할까?"

침묵이 흘렀다.

"아침에 잠깐 갔었는데 일이 바쁘다 보니 깜빡깜빡하네."

허탈한 웃음이 났다.

"니가 여길 왜 와?"

"왜긴 왜야. 아버지가 아저씨 잘 계신지 보고 오라고 해서지."

"그게 말이 된다고 생각하냐?"

"왜 그러냐, 서운하게. 나도 아버지도 아저씨 많이 생각하는 거 알면서."

"하 참. 지금 어딘데?"

"사무실이지, 어디야."

분명 사진을 태운 사람은 우태다. 하지만 물증이 없다.

"그래?"

"그래, 인마. 요즘 신규 매장들 때문에 머리 아파 죽겠…."

"전방 5km 동평 휴게소가 있습니다."

아뿔싸.

우태의 당황한 주파수가 진우에게 날아들었다.

"우태야. 더 이상 거짓말 안 했으면 좋겠다."

우태는 아무런 말이 없었다.

"동평 휴게소에서 기다려라."

쩝 소리를 내며 우태가 침을 삼켰다.

"알았다."

그가 이젠 도망칠 곳이 없는지 순순히 받아들였다.

'꽉 찬 잔은 새로운 물을 담을 수 없다. 물을 비워내야 새로운 물을 담을 수 있다.'

매번 듣던 원장의 잔소리가 다르게 들려왔다.

순서대로 정리해보자.

누나는 뭔가를 말하고 있다. 또 누나가 쓴 편지엔 사진에 대한 언급은 없었다. 사진을 갖다 놓은 사람은 누구고 우태는 왜 사진을 태웠을까?

우태는 곧 우태 아버지다. 그렇다면 우태 아버진 왜 사진을 감추려 했을까? 내가 기억을 찾으면 자기한테 해가 되는 일이 뭘까?

순간 머리가 번뜩였다.

그래. 그날 우태 아버지도 차에 타고 있었어. 내가 기억을 찾으면 자기가 공범으로 몰릴 수도 있다고 생각한 거야.

제일 가능성이 큰 가설이었다.

그래도 풀리지 않는 의문은 있었다. 사진은 누가 갖다 놓은 것이고 그 사진 안에 있던 사람들은?

차 안을 가득 메운 풀리지 않는 물음이 터질 것만 같았다. 생각의 환기가 필요했다. 창문을 내리자 곧바로 매서운 바람이 차 안으로 날아들었다. 빠른 속도만큼 정리되지 않은 물음들도 순식간에 빠져나갔다.

만나보면 뭔가 알겠지.

동평 휴게소 푯말이 눈에 들어왔다. 휴게소 입구로 들어서자 양옆으로 길게 늘어선 가로등 중 하나가 깜빡였다. 규모가 그리 크지 않은 휴게소라 잔뜩 스티커를 붙인 우태의 차를 찾는 건 어렵지 않았다.

두 사람이 서 있는 낮은 언덕 너머로 차들이 경주를 하듯 바람 가르는 소리가 들려왔다. 그 속도 때문인지 언덕 위 나무들이 위협적으로 흔들렸고 그 위협은 두 사람의 분위기를 더욱 고조시켰다.

"너도 입장이 있을 테니 왜 거짓말을 했는지는 묻지 않을게."

우태 앞에서 진우가 말했다.

"우리 아빠한테 왜 왔는지 솔직하게 말해줘라."

진우가 가로등에 비친 우태의 눈동자를 똑바로 바라봤다.

"아버지 심부름."

우태는 한 치의 망설임도 없었다.

"무슨 심부름?"

"이쪽에 가맹점 틀 일이 있어서 온 건데 아버지가 가는 김에 사장님 잘 계신지 보고 오라고 하셨어."

미간이 찌푸려졌다.

"그럼 그건 됐고. 우리 엄마가 너희 아버지한테 한 부탁, 알고 있던 거냐?"

"아니…."

우태 눈빛이 가로등 불빛을 받아 희미하게 떨렸다.

"아무리 핏줄이 더 중요하다지만 우리가 이것밖에 안 됐냐?"

그의 눈동자가 언덕 위 흔들리는 나무처럼 갈피를 잡지 못했다.

"진우야, 그만해 이제. 지금까지 잘 살아왔는데 기억을 왜 찾으려는 거야!"

우태가 진우의 팔뚝을 잡았다.

"너도 알고 있었던 거지?"

"너희 어머님도 원치 않으시고 아무도 원치 않는 그깟 기억이 뭐가 중요하냐고."

"그깟 기억?"

진우가 우태의 손을 뿌리쳤다.

"너한텐 그깟 기억일지 몰라도 우리 아빠가 어떻게 돌아가셨는지 난! 이제 알게 됐어. 근데 그게 그깟 기억이라고?"

"다들 널 위해서 한 일이야! 지금처럼 행복하면 됐잖아? 곧 혜원 씨랑 결혼도 하고."

"행복?"

우태의 말을 자르며 진우가 말했다.

"넌 내가 매일같이 악몽에 시달리는 걸 알면서도 그런 말이 나오냐?"

"그거야 치료받으면 되는 거고!"

"더 얘기해 봐야 입만 아프겠다. 마지막 하나만 묻자."

우태가 잠자코 다음 말을 기다렸다.

"우리 아빠 추모목 앞에선 뭐한 거냐?"

"잘 계신지 그냥 둘러보고 왔다니까."

"그럼 이건 뭔데?!"

진우가 주머니에서 태우다 만 사진 조각을 우태 가슴팍에 던졌다.

"아니, 이걸 어떻게…."

떨어진 사진 조각에 시선을 박은 채 우태가 그대로 얼어붙었다.

"니가 태운 이 사진, 누나가 나한테 남긴 마지막 단서였어. 내가 진실을 알 수 있는 마지막 기회였다고!"

우태가 사진을 가리키며 손을 덜덜 떨었다.

"무슨 사진이었는지 말해."

"나도 급해서, 그냥 태웠어…."

퍽!

바람을 가르며 진우의 주먹이 우태의 광대로 날아들었다.

"너 이 새끼, 진짜!"

바닥에 널브러진 우태 입술 끝이 터져 있었다.

"앞으로 우리가 볼 일은 없을 거다, 다시는."

진우가 그대로 자신의 차로 뒤도 돌아보지 않고 되돌아갔다.

"나쁜 새끼."

차에 오른 진우가 헤드라이트에 비친 우태를 보며 중얼댔다.

"이제 진실을 찾을 방법은 없는 건가?"

기억을 찾으려면 방어기제를 무너뜨릴 기억의 단서가 꼭 필요했다. 너무 강력한 방어기제 때문에 오 박사뿐만 아니라 자신도 곤혹을 치르고 있었다.

띠리링.

기어를 바꿔 출구로 빠져나갈 때쯤 조수석에 방치됐던 핸드폰이 울렸다.

빠앙!

화면을 본 진우의 얼굴이 하얗게 질리며 핸들을 놓쳤다.

"뭐, 뭐야, 이게?"

다시 핸들을 잡고 갓길로 간신히 차를 옮겼다.

핸드폰 화면이 눈앞에 가까워질수록 소름이 온몸의 피부를 뚫고 튀어나왔다.

몇 시간 전 우태가 태워 없앤 사진이 분명했다.

다리만 보였던 사람은 다름 아닌 호빵 누나였고 왼손엔 아이가 안겨 있었다. 또 누나가 오른손으로 팔짱을 끼고 있는 남자.

그 남자는,

진우 자신이었다.

새로운 가족

"진우야, 호빵 옆으로 좀 붙어봐!"

진석이 폴라로이드를 들고 세 사람 앞에 마주 섰다.

"넌 진우 팔짱 좀 껴라, 남같이 그게 뭐니."

진석이 다가와 호빵의 오른손을 들어 진우의 팔꿈치에 끼웠다.

"그대로 있어!"

진석이 제자리로 돌아가 세 사람에게 카메라를 들었다.

"하나둘셋 하면 찍는다."

진우의 시선이 어색했고 호빵의 시선은 초점이 없었다. 그녀의
왼손에 안긴 아이는 엄마 품에서 입만 오물거렸다.

"찍는다! 하나."

"둘."

"셋."

찰칵.

폴라로이드에서 한 장의 사진이 밀려 나왔다.

"잠깐만."

진석이 셔츠 앞주머니에서 만년필을 꺼내 사진 뒷면에 무언가를 썼다.

"자, 첫 번째 내 선물이야."

새로운 가족.

초점이 없던 호빵의 시선이 사진에 꽂히자 흰자위가 빠르게 붉어졌다.

"우리 조카는 앞으로 삼촌만 믿으면 돼. 알겠지?"

진석이 아이 볼에 검지를 대며 말했다.

"진우야, 넌 이제 아빠야. 그러니까 정신 바짝 차려야 해!"

진석이 진우의 등을 가볍게 쳤다.

"그나저나 너희 부모님이 걱정 많으시겠다…."

그녀의 눈망울은 여전히 사진에 박혀 바닥에 눈물을 떨구고 있었다.

"일단 우리 집 먼저 정리되면 말씀드리자."

혼잣말하듯 진석이 말했다.

"나가!"

그때 안방에서 엄마의 고함이 들려왔다.

"엄마가 저러시는 것도 좀 있으면 나아질 거야. 조금만 참아."

방 안에서 말하고 있는 사람은 진석뿐이었다.

"진우야, 애기랑 할머니 방에 가 있어. 형은 면허 연수 좀 다녀올게."

진우가 진석을 바라봤다.

"우리 조카, 먹여 살리려면 일단 면허부터 따야지!"

알 수 없는 표정으로 진우가 희미하게 고개를 움직였다.

"나가라고, 이 인간아!"

진석이 문을 열자 엄마의 고함이 더 크게 들려왔다.

진우는 온몸에 힘이 빠져 정신이 몽롱했다. 얼굴은 이미 눈물로 엉망진창이었다. 사진은 방어기제를 뚫고 이미 기억을 되찾아 있었다.

내가….

내가 그날, 누나를…,

데려온 거였어.

왕 씨의 한

"그 사진, 어떻게 된 거예요?"

발신인에게 전화를 걸어 그가 있는 곳으로 진우가 이동해 있었다.

"우태 아버지 명령이었다. 가서 뭐가 있든 없애고 오라는."

한적한 공원에 왕 아저씨의 음성이 낮게 깔렸다.

"그런데 왜 핸드폰으로 사진을?"

"네가 확인하길 바랐다. 혹시 몰라 사진을 찍어두었던 거고."

이해가 되지 않았다. 왕 아저씨는 이런 사람이 아니었다.

"왜 저를 도와주시는 거죠?"

그가 입을 꾹 닫고 콧구멍을 벌렁거렸다.

"이런 날을 내가 기다려왔는지도 모르겠구나."

"그, 그게 무슨?"

"나를 은혜도 모르는 파렴치한 놈으로 봤었겠지."

뜨끔했다.

"모두 이해한다. 나라도 그랬을 거고."

진우가 자세를 고쳐 그의 입에 더욱 집중했다.

"지금부터 내가 하는 얘긴 네가 알아야 할 그날의 진실이다."

왕 씨가 16년 전 어느 날로 기억을 회상했다.

시끌벅적한 대폿집 안에서 테이블 위에 놓인 핸드폰이 삶의 목소리들과 뒤섞이며 울려댔다.

'사장 아들놈.'

"아휴, 이놈 또 전화 왔네."

우태 아버지가 핸드폰에 뜬 발신자를 보고 말했다.

"거, 자네가 운전 연수해준다고 해 놓고 뭘 그리 불평이야."

왕 씨가 대꾸했다.

"그냥 그렇다는 거지, 술판 깨지니까."

왕 씨의 핀잔에 그가 멋쩍어 전화를 받았다.

"어어, 우리 진석이구나."

앞뒤가 다른 그의 모습에 왕 씨가 인상을 구겼다.

"아 그게 오늘이었나? 아저씨가 근데 지금 회식 중인데 어쩌지?"

왕 씨가 막걸리를 홀짝였다.

"그래? 어… 여기가 어디냐면, 회사 뒤에 있는 천 냥 막걸리라는 집인데 찾아올 수 있겠니?"

"오 분? 어어, 그래 알았다."

우태 아버지가 전화를 끊고 막걸리를 단숨에 비워냈다.

"아휴, 귀찮은 놈!"

"왜 그래?"

"이놈은 눈치를 어디에 팔아먹은 거야? 회식 중이라고 하면 대충 알았다고 하면 되지, 기어이 여기까지 온다네."

"오늘 진석이랑 약속했던 건 아니고?"

"약속이야 했지. 근데 어른이 곤란해하면 지가 물러설 줄도 알아야지."

"허 참. 아 자네가 그럼 애초에 약속하지를 말았어야지."

"왕 씨. 무슨 시어머니야? 왜 그렇게 잔소리해, 오늘?"

그의 타박에 왕 씨가 난색 했다. 얼어붙은 분위기에서 두 사람은 건배도 없이 연거푸 술잔을 비워냈다.

"아줌마! 여기 막걸리 한 통 더!"

새로 온 한 통도 말없이 다 먹어갈 때쯤 진석이 문을 열고 들어왔다.

"어어! 우리 진석이 왔니? 이리 앉아라."

우태 아버지가 자리에서 일어나 양손을 활짝 폈다. 왕 씨가 역겨운 표정을 막걸릿잔에 감췄다.

"안녕하세요, 아저씨."

진석이 우태 아버지 옆자리에 앉으며 왕 씨에게 인사를 건넸다.

"그래. 근데 이 아저씨 술 마셨는데 괜찮겠어?"

왕 씨가 진석에게 말했다.

"에이, 이 사람아! 얼마나 마셨다고 그래."

우태 아버지가 손을 내저었다.

"이 아저씨만 믿어라, 우리 진석이는."

마뜩잖은 눈짓으로 왕 씨는 빈 잔에 주전자를 들이부었다.

"사장님은 집에 계셔? 말씀은 드리고 나온 거야?"

"말씀드릴 상황이 아니라서 그냥 나왔어요."

"에이, 그래도 걱정하시니까 말씀은 드려야지."

우태 아버지가 생색이라도 낼 요량인 듯 전화를 걸었다.

"사장님, 접니다."

우태 아버지 표정이 순식간에 변함을 인지한 두 사람 모두 무슨 일인가 하는 눈으로 그를 바라봤다.

"사장님, 제가 진석이랑 함께 있으니 곧 그리로 가겠습니다."

우태 아버지가 전화를 끊고 급하게 일어섰다.

"진석아, 어서 집으로 가보자!"

"무슨 일이에요?!"

놀란 진석이 물었다.

"모르겠다. 사장님 목소리가 다급한 거로 봐선 무슨 일이 터진 것 같은데, 어서 가보자."

서둘러 세 사람이 술집 문을 열고 트럭으로 향했다.

"자네는 대기하고 있게. 혹시라도 도움이 필요할지 모르니까."

우태 아버지가 말했다.

"나도 같이 가세. 혼자보단 낫지 않겠나?"

그가 잠시 머뭇댔다.

"사장님 개인적인 일이니까 곤란해하실 수도 있을 테니 자넨 대기만 하게."

대구하려던 왕 씨를 뒤로하고 우태 아버지가 트럭 운전석으로 향했다.

"진석아, 어서 타라!"

"자네 술 많이 마셨어. 괜찮겠어?"

운전석 문을 연 우태 아버지의 팔을 잡으며 왕 씨가 말했다.

"아 참, 답답하네. 지금 그게 문젠가?"

그가 눈을 흘기며 운전석에 올랐다.

"진석이 빨리 타래두!"

창문을 연 그가 진석에게 소리쳤다.

진석이 왕 씨를 바라봤다. 그 눈빛은 분명 삼촌 같던 왕 씨에게 도움을 청하고 있었다.

"뭐하냐, 너?"

진석이 우태 아버지 힘에 못 이겨 조수석에 올랐다.

왕 씨는 이때 트럭에 오르지 못한 걸 평생 후회하며 살게 될 줄 꿈에도 몰랐다.

"아저씨 말씀은 그날 운전을 한 게 형이 아니라 우태 아버지란 말씀인 거예요?"

"그게 내가 봤던 진실이다."

혼란스러웠다.

"왜 그땐 가만히 계셨어요?"

왕 씨가 한숨을 깊게 내쉬었다.

"가만히 있지 않았다."

고개를 떨궜던 왕 씨가 이야기를 다시 시작했다.

"얼마 뒤 말씀도 제대로 못 하시던 사모님이 전화를 해오셨지. 난 서둘러 한영병원으로 갔지만, 이미 사장님 심장은…."

진우는 자신의 심장이 멎는 것 같았다.

"난 사모님과 너희 형제를 대신해 사장님 장례를 준비해야만 했다. 다음 날 경찰관이 사고 조사를 위해 나왔고 진실을 알릴 생각이었다. 그런데…."

그의 숨이 가빠졌다.

"사모님이 경찰에게 뺑소니를 당한 거 같다고 하시더구나."

왕 씨의 얼굴에서 안타까움이 묻어났다.

"경찰이 가고 사모님께 사실을 말씀드리려 했다. 근데 말도 안 되는 얘길 하시더구나."

"어떤?"

"진석이가 운전한 차에 사장님이 돌아가신 거라고⋯."

"그게 무슨?"

"우태 아버지가 경황이 없는 틈에 거짓말을 한 거지."

그에게서 실소가 터져 나왔다.

"난 우태 아버지를 찾아가 따져 물었다. 당신이 운전해놓고 왜 거짓말을 하느냐고."

"⋯."

"진석이가 신호대기 중일 때 갑자기 자신을 운전석에서 끌어내렸다는 어이없는 말을 하더구나."

"형이 그럴 리가!"

순간 분노가 치밀었다. 형은 절대 그럴 사람이 아니었다.

"술을 마신 사람보단 본인이 운전하는 게 나을 거 같다고 했다더구나."

앞뒤 상황을 봐도 전혀 믿을만한 말이 아니었다.

"그 말을 믿으신 거예요?"

"당연히 믿지 않았지. 강압적으로 진석이를 태우고 떠났던 사람이 고작 아이에게 끌려 내려졌다는 게 말이 되겠니?"

왕 씨가 허탈한 웃음을 지었다.

"사장님 장례가 끝나고 단서를 찾아야겠다는 마음에 그 트럭을 찾아봤었다. 그런데 트럭의 흔적은 온데간데없이 사라졌더구나."

그가 분한 듯 주먹으로 무릎을 쳤다.

"우태 아버지에게 트럭의 행방을 물으니 사모님께 물어보라더구나."

"엄마요?"

"…사모님이 직접 폐차하셨더구나."

엄마다웠다. 형을 지키기 위해서라면 아빠 죽음의 진실 따윈 안중에도 없었을 테니.

"경찰에 도움을 요청하지 그러셨어요!"

"사모님이 절대 원치 않으셨다. 만일 우태 아버지 말이 사실이라면 진석이가 받을 처벌을 감당하지 못하시겠다며."

답답했다. 진실을 알았어도 우태 아버지를 처벌할 길이 묘연했다.

"좀 빨리 말씀해 주지 그러셨어요."

아쉬움이 묻어난 말이었다. 조금만 일찍 알았어도….

그가 표정을 바꾸더니 힘없이 말을 이었다.

"환경을 극복하지 못하는 사람은 환경에 순응하는 수밖에 없다지? 당시 지병으로 병원에 수년째 누워 계신 어머니 병원비를 생각하면 회사를 그만둘 수가 없었다. 빠듯한 생활에서 사장님은 직원들 모르게 병원비까지 내주곤 하셨지. 그런 상황에서 우태 아버지가 회사를 인수했고 은연중에 제안 하나를 하더구나. 어머니 병원비를 끊지 않을 테니 알고 있는 것을 문제 삼지 말라고."

"그래서 입을 닫으신 건가요?"

진우가 묵직하게 목소리를 높였다.

"그래. 난 겁쟁이였다."

그가 자포자기하듯 말했다.

"사장님껜 정말 죄송하고 또 맞아 죽을 짓이지만 내게도 가족이 중요했단다. 정말 미안하다…."

침묵이 흘렀다.

"지금은 왜 말씀하실 생각이 드셨나요?"

진우의 말에 그가 입술을 한참이나 오므리고 있다가 다시 입을 열었다.

"사장님께 받은 그 큰 은혜를 잊는다면 내가 개돼지보다 나은 게 있겠니. 기억을 찾으려는 널 보고 처음엔 혼란스러웠다만 우태 아버지에게 모욕받던 날 깨닫게 됐지, 내가 이날을 기다리고 있었단 걸."

왕 씨가 재킷 안주머니에서 뭔가를 꺼내 내밀었다.

"받아라. 네게 도움이 될지 모르겠다만 사장님이 돌아가실 때 났던 기사다."

네모나게 오려 코팅까지 한 신문 쪼가리의 큼지막한 제목이 눈에 들어왔다.

– 통제되지 않는 대형견에 의한 삼부자의 참극 –

태어난 지 얼마 되지 않은 신생아가 대형견에 물려 사망하는 사고가 발생했다. 마당에 묶여 있던 대형견은 흙바닥에 박힌 말뚝을 뽑고 뛰쳐나와 신생아를 물어 죽였다. 신생아를 구하려던 16세인 아버지 유 모 군은 개에게 물려 중태에 빠졌고 신생아의 할아버지인 유 씨는 아기를 급하게 병원으로 데려가던 중 뺑소니차에 치여 그 자리에서 사망했다. 경찰은 유 씨와 신생아를 치고 달아난 차를 쫓고 있는 한편….

시리고 아린 기억

"누나!"

진우가 현관을 뛰쳐나오며 어두운 거리에 메아리를 남겼다.

"내가 지금 바쁘니, 나중에 통화함세!"

뒤로 아빠가 따라 나왔다.

"넌 저쪽 골목으로 가봐라, 난 길가 쪽으로 가볼 테니!"

그대로 아빠와 양 갈래 길로 갈라졌다.

뛰고 걷고를 반복하며 의류 수거함까지 샅샅이 살폈다.

어디 있는 거야, 누나.

그저 누나가 아이를 데리고 무사히 나타나기만을 바랐다.

"왈왈!"

골목을 지나치자 삼거리에서 개 짖는 소리가 멀리서 들려왔다.

혹시?

곧장 떠오르는 그 집으로 발길을 돌려 전력을 다해 뛰었다. 개소리가 점점 가까워지자 낮은 담장 앞에 누나가 서 있었다.

"누나!"

초점 없는 눈동자로 누나가 진우를 돌아봤다. 그 눈동자엔 이미
영혼이 빠져나가 있었다.

"뭐 하는 거야!"

담장 위로 아이를 넣으려는 누나에게 진우가 날아들었다.

"놔!"

누나가 아이를 감싼 담요를 뺏기지 않으려 발악했다. 담장 안에
서는 새까만 큰 개가 쇠로 된 목줄을 찰랑대며 짖어댔다.

"응애응애!"

아이도 혼란 속에 아우성을 섞었다. 그 울음은 마치 자신을 구해
달라고 외치는 처절함 같았다.

"제발 놔, 누나!"

진우가 빼빼 마른 몸으로 담요를 잡아당겼다.

"응애!"

아이가 목이 찢어져라 울어대자 개 역시 미친 듯 짖으며 날뛰었
다.

"애만 없어지면 돼."

누나가 중얼댔다. 그녀의 힘은 초인적이었다. 담장 위로 아이를
던지려는 누나를 온몸으로 진우가 막아섰다.

"왜 이래!"

누나가 몸을 웅크렸다가 반동을 이용해 아이를 순식간에 던졌다. 하지만 진우도 만만치 않았다. 아이를 구하고자 하는 초인적인 블로킹으로 담장으로 넘어가는 아이를 가까스로 막아냈다.

"왈!"

단발적으로 들린 개소리 뒤에 쇠사슬이 찰랑대며 시멘트 바닥에 끌렸다. 어딘가로 움직이는 소리가 분명했다.

획!

재빨리 아이가 떨어진 대문 쪽으로 시선을 돌렸다. 개가 대문 밑으로 빠져나오며 입을 벌리는 게 슬로모션으로 보였다. 진우가 그 시공간을 역행하며 몸을 굽혀 담요로 날아들었다.

찰나의 순간이었다. 인간의 초인적인 힘도 사냥개의 본능을 이길 수는 없던 걸까.

요란했던 아우성이 잠잠해져 있었다.

진우가 주먹을 뻗어 담요를 물고 있는 개 주둥이를 후려치기 시작했다.

"으르렁으르렁."

한 손으론 담요를 잡고 다른 손으로 개 머리통을 가격하는데도 개는 담요를 놓지 않고 뒷걸음질 쳤다.

"퍽퍽!"

진우도 지지 않고 두 주먹으로 머리통을 깨부쉈다.

드디어 개가 담요를 두고 꼬랑지를 말았다.

서둘러 담요를 끌어안아 안을 살폈다.

이미 늦은 걸까?

담요 안은 이미 피로 흥건했다.

"병, 병원부터 가야 해!"

진우가 담요를 안고 뛰기 시작했다. 그 순간이었다. 왼쪽 어깨에서 묵직한 통증이 전해졌다. 아픔을 느낄 새도 없이 그의 몸이 바닥에 나동그라지더니 개에게 끌려다녔다.

안 돼!

담장 쪽으로 끌려가던 진우가 정신을 바짝 차리며 벽으로 체중을 실어 개를 샌드위치 시켜 버렸다.

"깨갱."

개가 잠시 물러나는 듯 보이더니 다시 이빨을 세우고 진우를 노려봤다.

"제발 보내줘라!"

재빨리 돌아서 내달렸지만, 이번엔 왼쪽 허벅지에서 묵직함이 느껴졌다. 그대로 고꾸라진 진우는 아무렇게나 뒤로 펀치를 날렸지만, 그 펀치에 힘이 남아있을 리 없었다.

별 하나 없는 도시의 검은 하늘이 눈에 들어왔다.

이대로 끝인가….

시야가 희미해지며 정신이 몽롱해 왔다. 검었던 하늘이 가지각색의 색깔로 번갈아 바뀌었다.

미안하다, 아가야….

의식을 잃는 중에도 품 안에 있는 아이에게 죄책감이 몰려왔다.

빗방울이 떨어지는 걸까? 얼굴에 뭔가 물방울이 튀는 느낌이 났다. 개가 드디어 사냥을 끝낸 듯 허벅지에서 묵직함이 느껴지지 않았다.

팍! 팍!

눈을 떠보니 아빠가 사정없이 개 머리통을 벽돌로 내리찍고 있었다.

"괜찮아?"

얼굴에 묻은 개 피를 손으로 닦아내는 아빠를 바라봤다.

"아빠…."

개가 혀를 내밀고 바닥에 널브러져 있었다.

"얘 좀 빨리 병원에…."

아빠가 담요 안을 서둘러 살폈다.

"이리 줘!"

아빠가 담요를 안고 뛰기 시작했다. 진우도 따라 일어섰다.

"누나, 집에 가 있어!"

누나가 여전히 혼이 빠진 모습으로 멀지 않은 곳에 서 있었다. 진우는 절뚝거리는 다리를 부여잡고 아빠가 간 그 길로 향했다.

모퉁이 길을 따라가자 저 멀리 아빠의 뒷모습이 조그맣게 보였다.

"아빠!"

가로등 불 밑에서 멈춰 선 아빠가 뒤를 돌아보았다.

끼익! 쾅!

진우의 두 눈이 믿을 수 없는 광경에 휘둥그레졌다.

그게 마지막이었다.

자신을 바라보는 아빠의 모습을 볼 수 있었던 것은.

각자의 이유

휴식을 취해야 한다는 오 박사의 만류에도 진우는 서둘러 교정 센터를 빠져나왔다. 16년이란 긴 시간을 오해의 시간으로 만든 그 미친놈의 턱주가리라도 당장 날리지 않으면 미쳐버릴 것 같았다.

"저기요!"

진우가 자동차 문을 열었을 때 여자 목소리가 들려왔다.

"저번 일, 너무 감사해서 제대로 인사도 못 드린 것 같아서요."

지난번 주차장에서 자신이 도와줬던 그 여자가 가까이 다가와 말을 건넸다.

"이거 받으세요."

여자가 뭔가를 건넸다.

"부추즙이에요. 빈혈에 좋은 건데 아무래도 그쪽 분도 교정 중이신 것 같아서…."

"아, 전 괜찮습니다."

진우가 손사래를 치며 사양했다.

"제가 정말 감사해서 그래요. 받아주세요."

이 여자와 실랑이할 시간이 없다. 어정쩡하게 박스를 받아 들고 고개를 숙였다.

"근데 제가 지금 좀 바빠서…."

얼버무리자 여자가 답했다.

"네. 그럼 좋은 교정되시길 바랄게요."

여자가 미소를 남기며 뒤돌아섰다.

좋은 교정?

"좋은 교정이요?"

순간 궁금증이 일어 필터 없이 머릿속 말이 그대로 튀어나왔다.

"네?"

여자가 다시 뒤돌아 눈을 깜빡였다.

"아, 그러니까 좋은 교정이란 게 어떤 뜻인가 해서요."

"음."

여자가 입을 모으며 검지로 입술을 짚었다.

"그냥 별 뜻 없이 드린 말인데…."

"아."

진우가 손바닥을 뒤통수에 갖다 댔다.

"나를 위해서 아픈 기억을 잊는 게 좋은 교정 아닐까요?"

고민하던 그녀가 진우의 눈을 마주 보고 말했다.

"자신을 위해서⋯."

그래, 따지고 보면 모두 다 날 위한 것이었지.

그런데 아빠의 죽음을 지우고 그 자리에 다른 기억을 심는다는 게 왠지 마음을 불편하게 했다.

"저도 처음엔 그런 고민을 많이 했어요."

진우가 고개를 들어 그녀를 바라봤다.

"나 좋자고 내 기억 속에 있는 사람들을 지워버리는 게 너무 이기적인 게 아닐까 하는 고민이요."

"이기적이요?"

"그래요, 이기적."

침묵이 흘렀다. 진우가 한숨을 한번 내뿜고는 입을 열었다.

"사실 전, 오늘 처음으로 내 기억 속 누군가를 지운다는 게 정말 잘하는 일인지 하는 고민이 들었어요."

"왜죠?"

그녀가 얼굴을 들고 물었다.

"⋯미안함⋯, 때문이겠죠."

"흠."

여자가 관자놀이에 손가락을 올렸다.

"전 제가 지우려는 사람에게 느끼는 미안함보다 그 사람을 잊고 사는 이기심이 차라리 나를 위한 길이라 생각해요."

그녀의 진중한 음성에 자연스레 집중됐다.

"사람들이 자기밖에 모르는 이기적인 여자라고 해도 상관없어요. 그건 내 삶을 위한 이기심이니까요. 어차피 모든 사람이 그렇지 않나요? 자기들 멋대로 남을 판단하고 재단하는 거."

그녀의 말이 끊기지 않고 조금씩 빨라졌다.

"전 지금 마지막 단계라 제가 가진 기억이 진짜인지 아닌지도 솔직히 헷갈려요. 제일 강렬했던 감정의 기억은 나중에 지워지고 일단 사람에 대한 흔적 먼저 지워지니까요. 예를 들어 첫 만남의 흔적 같은 것부터 말이에요."

그녀가 침을 한번 삼켰다.

"그 사람이 날 때리고 소리쳤을 때 느꼈던 모멸과 공포는 아직도 희미하게 남아 절 괴롭혀요. 강했던 만큼 아직까지 남아있는 거겠죠."

진우의 눈이 안쓰러운 빛으로 바뀌어 있었다.

"물론 이 흔적은 곧 지울 수 있을 거예요. 전 하루빨리 그날이 왔으면 좋겠어요. 절 때렸던 사람뿐만 아니라 그걸 기억하고 마음대로 날 판단했던 사람들까지 모두 지우고 다시 태어나고 싶어요."

그녀의 말에 어쩐지 동의하고 싶은 마음이 일었다.

"그렇게만 된다면 이 세상을 어릴 때처럼 좀 더 아름답게 바라볼 수 있지 않을까요?"

그녀의 눈망울 속에 반짝임이 보였다.

"꼭 그렇게 되시길 바랍니다, 진심으로."

진우의 말에 그녀가 고개를 묵직하게 끄덕이더니 다시 말했다.

"누구나 그렇듯 사람은 자기 기억이 진짜 기억인 줄 알고 살아요. 진실은 전혀 상관하지 않고요. 근데 누가 그걸 비난하겠어요?"

여자가 애써 미소를 보였다.

"그리고 오 박사님은 제게 이런 말씀을 하셨어요."

진우의 귀가 쫑긋 세워졌다.

"인간이 이기적인 건 세상을 살아남기 위한 본능이라고."

그녀가 눈인사를 남기며 멀어져갔다.

혈연의 끈

"어? 대표님 지금 안 계시는데….”

사무실로 들어선 진우에게 여직원이 말했다.

"아직 출장에서 안 돌아오셨나요?"

우태 아버지가 해외로 출장간 건 왕 아저씨에게 들어 알고 있었다.

"오전에 잠깐 나오시긴 했는데, 금방 나가셨어요."

"언제쯤 오시나요?"

"글쎄요. 연락 안 해보셨어요?"

"나가면서 전화해보겠습니다."

진우가 답하며 문을 닫고 나왔다.

남의 집안을 파탄 내놓고 뭐라고 떠들어 대는지 듣고 싶었다. 뭐라고 떠들든 간에 입을 꿰매버리고 싶은 생각뿐이었다.

척!

경비원이 군기가 잔뜩 든 이등병처럼 정문을 향해 경례했다. 그 옷자락의 펄럭임이 진우에게까지 들려왔다. 고급세단이 곧 진우 앞에 서며 문이 열렸다.

"너, 진우 아니냐?"

차에서 내려 다가온 우태 아버지가 더러운 웃음으로 진우를 맞이했다. 역겨웠다. 그 뒤엔 우태가 놀란 얼굴로 진우를 보고 있었다.

"무슨 일이니?"

진우의 기운에서 심상찮음을 읽었는지 그가 표정을 싹 바꿔 물었다.

아무런 대답도 하고 싶지 않았다.

그가 아랑곳하지 않고 뻔뻔하게 진우 어깨에 손을 올렸다.

"들어가서 얘기하자꾸나."

진우가 꿈쩍도 하지 않자 그의 얼굴이 순식간에 돌변했다.

철제계단의 차갑고 딱딱한 성질이 그 분위기를 대변했다.

"왜 그렇게 뻔뻔하세요?"

우태 아버지 이마에 주름이 잡혔다.

"어디서 무슨 말을 들었는지는 모르겠다만 말이 좀 심하구나."

"당신이 한 거짓말에 비할 수나 있을까?"

"당신? 네가 이러는 걸 사모님이 아시면 절대 좋아하지 않으실 거다."

"엄마도 사실을 알면 당신이 하는 말 따윈 믿지도 않겠지."

그의 동공이 흔들렸다.

"모두 널 위해 하신 일인데 말을 그렇게…."

"당신을 위한 게 아니라?!"

진우가 단번에 말을 잘랐다.

"인마! 쓰러져가던 회사 인수해서 사모님이랑 너희 가족까지 보살펴 드린 아버지한테 너무 배은망덕한 거 아니냐!"

우태가 끼어들어 목소리를 높였다.

"누가 누굴 보살펴?"

실소가 터져 나왔다.

"네 아버지는 단지 자기 범죄를 감추려고 우리 가족을 감시했던 것뿐이야. 모르면 가만히 좀 있어라."

우태가 눈을 빠르게 깜빡이며 자기 아버지를 바라봤다.

"김우태, 잘 들어. 네 아버진 그냥 쓰레기일 뿐이야. 더 얘기해 줘?"

"진우야!"

우태 아버지가 소리쳤다.

"왜요? 오랜 세월 자기 죄를 우리 형에게 덮어씌운 인간 말종이 자기 아들한텐 좋은 아버지로 남고 싶나 보죠?"

"그만해!"

우태가 소리쳤다.

"그만해라, 제발."

진우가 우태를 바라봤다. 우태와 그의 아버지 둘 다 허공에 시선을 두고 눈동자 하나 움직이지 않았다.

"우리 아버지도 어쩔 수 없는 선택을 했던 거야!"

"뭐, 뭐?"

"지금 와서 뭐 어쩌게? 하소연이라도 하게?"

우태가 뻔뻔한 눈으로 돌변해 진우를 바라봤다.

"그냥 가라. 앞으로 다시는 나타나지 말고."

실소가 터지다 못해 침이 툭 튀어나왔다. 자신이 알던 우태가 아니었다.

"너도 네 아버지랑 똑같은 인간이었구나."

우태가 시선을 피했다.

"네 바람대로 되진 않을 거다. 내가 끝까지 증거 찾아서 네 아버지 감옥에 처넣을 거니까."

진우가 시선을 바꿔 우태 아버지를 노려봤다.

"당신은 파리 새끼보다 못한 인간이야. 파리는 빛이라도 쫓아 출구를 찾지만, 당신은 그냥 어둠 속에서 벽에 머리를 박고 있는 거야. 피가 철철 흐르는지도 모르고."

경멸에 찬 눈에 독기가 서렸다.

"내가 곧 당신 머리를 완전히 박살 내줄 테니까 기다려요."

우태의 어깨를 툭 치며 그들을 지나쳐갔다.

좌악!

걸음을 옮기던 진우가 화단에서 큰 돌을 양손으로 집어 고급세단 앞 유리를 강타했다.

"당신 뭐야!"

경비원이 다급하게 달려왔다.

"16년이나 내 앞을 못 보게 했으니 당신도 한번 느껴보라고. 앞을 제대로 못 보는 게 얼마나 답답한 건지 말이야."

진우는 주차장으로 향하면서 자신과 완벽하게 단절된 우태를 느꼈다. 다신 그와 친구로 돌아가지 못할 것이다.

아무리 옛 같아도 피붙이를 보호하려는 우태의 마음이 조금은 이해됐다. 우태도 이기적인 인간일 뿐일 테니….

눈앞에 짠하고 아빠가 나타나만 준다면 모든 걸 털어버릴 수 있을 것 같았다. 하지만 현실은 어디 하나 의지할 데 없다는 사실이었다.

아빠의 그림자를 가진 형이 너무 보고 싶었다.

이기적인 기억

병원으로 향하는 길에 해가 지평선에 점점 가까워졌다. 형을 원망하고 살았던 자신의 지난날 감정을 그 너머로 던져버리고 싶었다. 회한이 소용돌이처럼 몰려와 마음을 괴롭혔다.

형은 어쩌면 창밖을 바라보며 산 어딘가에서 아빠를 찾고 있었는지 모른다. 동생에 대한 원망을 어떻게 해결하면 좋을지 물어보고 싶었는지도 모른다.

형을 보는 게 두렵기도 했지만, 자신 때문에 시작된 모든 일로 그곳에 오랜 세월 갇혀 지내는 형에게 꼭 사죄하고 싶었다.

"어떻게 오셨습니까?"

정문을 거쳐 건물 안으로 들어서던 진우에게 유니폼을 입은 체격이 큰 남자가 말했다.

"317호 유진석 씨 면회 왔습니다."

"유진석 씨는 아까 어머니가 오셔서 지금 같이 계실 텐데요?"

그가 경계하듯 말했다.

"네? 언제쯤 오셨나요?"

진우가 놀라 바로 되물었다.

엄마와 연락조차 닿지 않고 있었는데 형에게 와 있을 거란 생각을 못했었다. 엄마에겐 항상 형밖에 없단 걸 알고 있었는데도….

"관계가 어떻게 되십니까?"

"저희 형입니다."

"동생분이 있으신 줄은 몰랐네요."

그의 말투가 조금 부드러워졌다.

"제가 교대할 때쯤 오셨으니까 한 시간쯤 됐겠네요."

"그럼 올라가 보겠습니다."

진우가 고개를 숙이며 걸음을 떼자 그가 다시 말했다.

"산책하러 나가셨어요. 한 번 나가시면 몇 시간 후에나 오실 텐데요."

"그럼 올라가서 기다리고 있겠습니다."

그를 뒤로하고 계단을 올라 얼마 전 왔을 때와 같은 3층 복도를 걸었다. 창문 하나 없는 복도로 햇볕도 들지 않는 이런 환경에서 16년이나 형이 살고 있었다. 모두 다 자신 때문에.

진우가 병실 안으로 들어서며 가지런하게 정리된 침구를 바라봤다. 분명 엄마의 작품일 것이다.

침대 위에 살짝 걸터앉으니 햇볕을 받아 먼지가 흩날렸다. 그 위로 곱게 개어진 형 목도리가 베이지 빛 실로 나풀거렸다.

다 해진 목도리에 왜 그렇게 형이 집착하는지 알 수 없었다. 검은 얼룩까지 있는 형 목도리를 바꿔주고 싶은 생각이 들었다.

먼지라도 털어주고 싶어 개어진 목도리를 공중에 활짝 펼쳤다.

"어?"

진우 앞에 펼쳐진 건 목도리가 아니었다.

"뭐, 뭐야?"

형이 그동안 담요를 둘둘 말아 목에 둘렀다는 사실을 처음으로 알게 됐다.

"왜 이런 걸 하고 있던 거야…."

혼잣말을 뱉으며 침대 위에 담요를 펼쳤다.

펼쳐놓고 보니 군데군데 검은 얼룩이 선연했고 캐릭터가 그려진 담요였단 사실을 처음 알게 됐다.

검지로 얼룩 한 군데를 만지는 순간,

동공이 끝없이 확장됐고 입은 벌어져 숨이 컥컥 막혀왔다.

순식간에 담요 위로 몸이 추락했고 심해 저변에 있던 담요 주인의 기억이 번개처럼 되돌아왔다.

오 박사가 그렇게 찾고자 했던, 바로 그날의 모든 시작점이었다.

담요에 묻은 얼룩은,

…아이의 피였다.

"당신, 할 말 있으면 해 봐! 어떻게 된 게 자식이나 애비나 하는 짓거리가 똑같아!"

진석이 나간 사이 엄마의 천둥 같은 소리를 할머니 방에서 진우가 듣고 있었다. 평소 아빠에게 쌓인 불만을 혼잣말로 구시렁대던 엄마였지만 오늘만은 달랐다.

"내가 계속 이렇게 살아야 해?"

몇십 분째 비슷한 단어가 계속됐고 아빠 목소리는 간간이 들릴 뿐이었다.

"말을 좀 해 봐!"

"목소리 좀 낮춰요. 애들 듣겠어요."

아빠 목소리가 아주 낮게 들려왔다.

"들으면 안 돼? 이제 니 새끼도 알아야 할 때 됐잖아?"

"쉬, 쉬, 쉿!"

당황한 음성의 아빠였다.

"그동안 아무 말 않고 키워놨더니 이제 그놈이 또 밖에서 애를 낳아와?"

니 새끼라고?

두뇌가 감전된 듯 정지된 채 **니 새끼**라는 단어에 꽂혔다.

철컥.

엄마가 시뻘게진 얼굴에 뒤집힌 눈으로 할머니 방문을 벌컥 열어젖혔다.

"여보!"

아빠가 엄마의 팔을 붙잡았지만, 엄마가 호빵 누나의 뒷덜미를 잡아챘다.

"당장 나가!"

"여보, 그만 해요, 제발!"

아빠가 엄마 손을 잡아챘지만, 엄만 제정신이 아닌 사람 같았다. 아이는 거대한 악인의 눈을 한 엄마를 보고 울기 시작했다.

"응애응애!"

아이는 목청껏 자신을 방어했다. 그게 아이가 할 수 있는 유일한 수단이었다.

"애미야, 무슨 일인지는 모르겠다만 새 식구 앞에서 왜 그러니."

할머니가 아이를 안은 채 떨리는 음성으로 말했다.

"새 식구요? 쟤가 제 식구예요?"

엄마가 아이를 가리켰다.

"쟤는 어머니 식구죠. 진우는 이 이가 방황할 때 바깥에서 낳아 왔으니!"

"여보!"

아빠가 강압적으로 엄마를 돌려세웠다.

"할 말이 있고 못 할 말이 있지!"

순간 공기의 흐름이 멈췄지만, 곧 엄마의 눈에 광기까지 더해졌다.

"내가 쟤 볼 때마다 얼마나 많이 참은 줄 알아? 저놈에 새끼 볼 때마다 당신이 딴짓거리 한 것밖에 생각이 안 나는데, 당신이 그걸 알아?!"

"그만 해요, 좀!"

"뭘 그만해?! 더 이상은 못 참아, 나도!"

엄마가 진우를 돌아봤다.

"너도 나가! 이만큼 키워줬으면 된 거 아니야?"

진우의 아래턱이 떨려왔다.

"그게 무슨 말이에요, 엄마?"

엄마가 항상 지나가던 말처럼 했던 말이 떠올랐다. 성인이 되거든 독립해서 살라고.

"진우야! 엄마가 화나셔서 하는 말이야. 듣지 마!"

아빠가 진우의 귀를 양손으로 틀어막았다.

"무슨 말인지 몰라? 너 내 새끼 아니라고! 니 엄만 너 낳아 놓고 쪽지 하나 달랑 남기고 도망간 사람이야!"

진우의 귀가 아빠 손에 막혀있었지만, 단어 하나하나가 날카로운 창이 되어 가슴을 난도질했다.

드르륵! 쾅!

누나가 미닫이문을 열고 할머니에게서 아이를 뺏어 뛰쳐나갔다.

"누나!"

진우가 곧바로 누나를 따라나섰고 그 뒤를 아빠가 뒤따랐다.

집안엔 여전히 엄마가 서 있었지만, 악마가 깃들었던 눈이 현실로 돌아온 듯 빠르게 깜빡였다.

"내, 내가 무슨 짓을 한 거지?"

엄마가 두 손으로 머리를 감쌌다.

진우가 그대로 병실을 뛰쳐나와 주차장에 서 있던 트레일러 뒤로 향했다.

"우웩!"

그토록 찾고 싶던 기억이었지만 토악질에 기억을 내보내고 싶었다. 왜 방어기제라는 녀석이 고통을 주면서까지 기억 찾는 일을 방해했는지 알 것 같았다.

형은 매일같이 담요를 두르고 그날의 고통에서 벗어나지 않던 거야….

인기척을 느낀 진우가 눈물과 토사물에 뒤섞인 얼굴로 그곳을 바라봤다. 형이 탄 휠체어를 밀며 출입구에 오르는 엄마의 모습이 보였다.

하지만 지금은…,

엄마를 마주할 자신이 없었다.

엄마는 형을 보호하려고 거짓말을 한 게 아니었어.

내 마음을 갈기갈기 찢어놓은 그 폭탄 같은 말을 터뜨리기 전으로 돌려놓고 싶었던 거야.

영혼의 외침

진우는 일주일째 집안에만 틀어박혀 지냈다. 16년 전 그날의 고통을 잊지 않았다면 정신병원에 있어야 할 사람은 형이 아니라 자신일 수도 있단 생각이 들었다.

인간이 이기적인 건 정말 세상에 살아남기 위한 본능일까?

며칠 전 만났던 여자의 말이 자꾸 떠올랐다.

내가 원했던 진실은 이게 아니야.

기억을 되찾기 전으로 돌아가고 싶었다. 고통에서 해방되고 싶었다.

그렇다면 기억을 바꾸는 방법밖에 없어….

하지만 정말 기억을 바꾸면 모든 죄책감도 사라질까?

테이블 위에 놓인 핸드폰과 코팅된 기사를 바라봤다. 화면엔 왕아저씨에게 받은 사진이 떡하니 띄워져 있었다.

마음이 점점 기울었다. 모든 게 미안했지만, 자신도 이기적일 수

밖에 없는 인간이라는 이유를 끊임없이 뇌리에 박아 넣었다.

그래, 나도 이기적인 인간일 뿐인 거야.

교정을 하면 혜원이에게 아이가 있었다고 말하지 않아도 돼. 엄마와도 지금처럼 지낼 수 있고 죄책감 같은 건 잊어버리는 거야!

모두에게 미안하지만, 현실을 살아야 했다.

"모두를 위한 선택인 거야!"

어느새 우태가 했던, 또 엄마가 했던 그 말을 자신도 하고 있었다.

테이블 밑에 있던 라이터를 집어 들고 코팅된 기사에 불을 붙였다.

왕 아저씨가 16년이나 보관했던 아빠와 아이의 흔적이 불에 타고 있다. 코팅지가 검은 그을음을 피우며 코팅물을 탁자 유리에 떨어뜨렸다.

"미안해, 아빠."

세상에 남은 아빠의 마지막 흔적이 사라지는 순간이었다.

진우의 눈에 왠지 모를 악의가 서려 있었다.

핸드폰을 집어 든 그가 휴지통 버튼을 터치하는 순간 선택 창이 나타났다.

미안해, 누나.

삭제되었습니다.

유일한 가족사진이 어딘가로 흔적도 없이 사라졌다.

"진우 씨, 다 잘될 거예요."

오 박사가 대기실에 있는 진우를 찾아와 말했다.

"복원된 기억이 깨끗하고 비교적 정확한 사실이라 교정하는 데는 문제가 없을 거예요. 한두 번 만에 끝날 수도 있고요."

"제가 정말 잘하고 있는 걸까요?"

확신할 수 없는 눈빛으로 진우가 물었다.

"세상에 자기 확신만 고집하는 사람은 행복할 수 없습니다. 그저 자기 행복을 위해 살면 되는 거예요."

오 박사가 빙그레 웃었다. 대기실로 익숙한 얼굴의 연구원 두 명이 들어왔다.

"눈을 떴을 땐 새로운 기억이 자연스럽게 머릿속에 있을 겁니다."

그들이 침대 바퀴 잠금장치를 풀고 진우를 옮기기 시작했다. 복도의 길게 정렬된 텍스 천장이 진우의 눈동자에 반사되며 지나갔다.

한 연구원이 진우의 오른팔에 액체를 주사하며 말했다.

"좀 따끔할 거예요."

그가 주사기를 빼곤 버튼을 눌러 진우를 교정기 안으로 밀어 넣었다.

이제 정말 끝인 건가….

교정기 안 LED가 하나둘 꺼지더니 가슴 위 작은 보랏빛 LED 하나만을 남겨놓았다.

"진우 씨의 행복을 기원합니다."

오 박사의 마지막 말을 끝으로 보랏빛 등까지 꺼졌다.

'아이가 감당할 수 있게 기다려주는 게 어른이야.'

원장의 말이 떠올랐다. 세준이 커가는 걸 기다려주라는 말인 줄 알았지만….

장인어른은 내가 어른이 되길 기다려주고 계신 게 아닐까?

마음이 무거웠다. 제대로 된 어른이 되지 못하는 게….

진우가 눈을 감자 양쪽 눈꼬리에서 눈물이 떨어졌다. 그때 왼손이 까딱거리며 전기신호를 감지했다. 교정이 시작된 모양이었다.

다음 생엔, 누나가 사랑하는 남편과 세준이 세아랑 꼭 행복하길 바랄게.

아가야, 다음 세상에선 꼭 좋은 엄마 아빠 만나.

'산 사람은 살아야지.'라고 하는 위로는 어쩌면 '이 세상을 살기 위한 이기심'을 가진 사람들이 만든 말인지도 모른다.

하지만 그들은 모르고 있다.

이곳과 저곳이 연결되어 있다는 것을….

진우가 의식과 무의식의 경계에서, 시간이 없는 그곳에서, 자신이 자신에게 외치는 그 소리를 순간적인 찰나에 '느꼈다'.

그 목소리는 많은 사람에게 외치지만 또 소수의 사람만이 듣는 목소리였다.

진우의 손가락 끝이 빨간색 버튼을 향해 움직였다.